Avucumda nilüfer

Karatala Kamala

Translated to Turkish from the English version of Lotus on my Palm

Devajit Bhuyan

Ukiyoto Publishing

Tüm küresel yayın hakları

Ukiyoto Publishing

2024 yılında yayınlandı

İçerik Telif Hakkı © Devajit Bhuyan

ISBN 9789362694324

Tüm hakları saklıdır.

Bu yayının hiçbir bölümü, yayıncının önceden izni olmaksızın elektronik, mekanik, fotokopi, kayıt veya başka herhangi bir yolla çoğaltılamaz, iletilemez veya bir erişim sisteminde saklanamaz.

Yazarın manevi hakları ileri sürülmüştür.

Bu kitap, ticari veya başka bir şekilde, yayıncının önceden izni olmaksızın, yayınlandığı cilt veya kapak dışında herhangi bir şekilde ödünç verilemez, yeniden satılamaz, kiralanamaz veya başka bir şekilde dağıtılamaz.

www.ukiyoto.com

Bu kitap, köpek, tilki ve eşeğin ruhunun da aynı Tanrı Rama olduğuna inanan ŚrīmantaŚa ṅkaradeva'ya ve dünyada yaşayan tüm insanlara adanmıştır

(Kukura Shrigalo Gadarbharu Atma ram, janiya xabaku koriba pranam)

"Yüce Rab köpeklerin, tilkilerin veya eşeklerin ruhlarında bile kalır,

Bunu bilerek, tüm canlılara saygı gösterin."

- Srimanta Sankardev (1449-1568)

İçeriği

Önsöz 1
Avucumda nilüfer 3
Sankardeva'nın Basit Dini 4
Bir teslimiyetin dini 5
Sankardeva tekrar geri dönmeli 6
Sankardeva dininde 7
Sankardeva'da çöp alın 8
Öğrenciler Sankardeva'yı ziyaret ediyor 9
Evrensel Guru Sankardeva 10
Assam'ın altını 11
Brindavani bastra (kumaş) Sankardeva tarafından 12
Kalplerin kralı 13
Sankardeva'nın Ayrılışı 14
Lord Shiva'nın bacakları 15
Dinler paranın pençesinde 16
Dua 17
Para 18
Assam Gergedanı 19
Adam 20
Vadinin iyimser 21
Gelişen Assam 22
Alkolden kaçının 23
Savaş 24
Güzel iş 25
Kimse ölümsüz değildir 26
Renk festivali (Holi) 27

Cimbom 28
Festival sezonu 29
Yaş 30
Anneni sev 31
Nisan 32
Dasaratha (Ramayana hikayesi) 33
Bharata 34
Lakshmana Belediyesi 35
Laba (Rama'nın oğlu) 36
Tanrı'yı Aramak 37
Dürüst yolun arabası 38
Aklınıza iyi bakın 39
Zaman kaybetmeyin 40
Zihin ağrısı 41
Vücut bakımı 42
Çocuk yürüyüşü 43
Madan'ın mizahı 44
Coco harika boksör 45
Rüzgar 46
Doğal otlar 47
Zihin korkusu 48
Ağaç korkusu 49
Parti değiştirme siyaseti (Hindistan'da) 50
Yeni renkler 51
Bir sonraki yaşamda buluşma 52
Zorba -lık 53
Papaz 54
Güneş doğsun 55

Bharata, acele et.. 56
Hepsini seviyorum 57
Tom, çalışmaya başlıyorsun 58
Ölüm anında 59
Ev serçesi 60
Para parıltıları 61
Çalışmaya hazır olun 62
Başarılı yaşam 63
Altın Assam 64
Mum 65
Awadh Krallığı 66
Kadife 67
Ay 68
Tavşan 69
Kavga 70
Gergedan, hayatta kalmak için savaşıyor 71
Nehir dalgası 72
Sivrisinek 73
Astrolog 74
Altmış yaş 75
Çürümeyen anne 76
Sevgili Assam 77
Aşk merhemi 78
Ev ve aile bilgileri 79
Para çok çalışarak gelir 80
Boğa 81
Öfke 82
Sıcak üfleme soğuk üfleme 83

Kutsallık	84
Yılbaşı aşkı ve sevgisi	85
Assam'ın Mart-Nisan aylarında hava durumu	86
Nisan Aşkı	87
Garip dünya	88
Anne sevgisi	89
Bulut	90
Kötüye	91
Bir zamanlar	92
Değersiz aşk	93
Ahom'un altı yüz yıllık kesintisiz yönetimi	94
Başarılı olacağım	95
Yanık çiçek ağacı	96
Arap Halkı	97
Jungle	98
Khaddar (khadi kumaşı)	99
Assam Parfümü (Agarwood yağı)	100
Sel	101
İşin meyvesi (Karma)	102
Kıskançlık	103
Her şey her zamanki gibi gidecek	104
Kaplumbağa	105
Karga ve tilki	106
Kendi çözümünüzü bulun	107
Kimse seni yukarı çekmeyecek	108
Kıskançlık, kıskançlık, kıskançlık	109
Ölümlülük ve Ölümsüzlük	110
Amacı bilmiyorum	111

Zor kazanılan paramız nerede kayboluyor? 112
Firavun faresi 113
Tanrı'nın bereketi 114
Daha iyi, ölü bir odun olmak 115
Zombi ile yaşıyorum 116
Ve hayat böyle devam ediyor 117
Kırık kalp 118
Durdurulamaz Teknoloji 119
Toplumsal Cinsiyet Eşitsizliği 120
Bir gün cam tavan olmayacak 121
Tanrı ibadethaneleriyle ilgilenmez 122
Yazar Hakkında 123

Önsöz

Srimanta Sankaradeva, 1449 yılında Hindistan'ın kuzeydoğusunda, Assam'ın Nagaon bölgesinde yer alan, çayı ve boynuzlu gergedanı ile ünlü Bardowa'da doğdu. Sankaradeva anne ve babasını erken yaşta kaybetti ve çocuğun yetiştirilmesinin sorumluluğu bu görevi takdire şayan bir şekilde yerine getiren büyükannesine düştü. Sankara, küçük yaşta bile büyük zihin ve beden güçleri sergiledi. Bu süre zarfında, onun sıradan bir çocuk olmadığını kanıtlayan birçok doğaüstü olay da meydana geldi. Sankaradeva'nın okuldaki ilk gününde yazdığı ilk beste, *karatala kamala kamala dala nayana* şiiridir.

"কৰতল কমল কমল দল নয়ন।

ভব দব দহন গহন-বন শয়ন ॥

নপৰ নপৰ পৰ সতৰত গময়।

সভয় মভয় ভয় মমহৰ সততয় ॥

খৰতৰ বৰ শৰ হত দশ বদন।

খগচৰ নগধৰ ফনধৰ শয়ন ॥

জগদঘ মপহৰ ভৰ ভয় তৰণ।

পৰ পদ লয় কৰ কমলজ নয়ন ॥

(Karatala kamala kamaladala nayana

Bhavadava dahana gahana vana sayana

Napara napara para satarata gamaya

Sabhaya mabhaya bhaya mamahara satataya

Kharatara varasara hatadasa vadana

Khagachara nagadhara fanadhara sayana

Jagadagha mapahara bhavabhaya tarana

Parapada layakara kamalaja nayana)"

Bu şiirin benzersiz yanı, tamamen ünsüzlerden oluşması ve ilkinden başka sesli harf içermemesidir. Tarih, Sankaradeva'nın okulda bir şiir yazması istenen çok daha büyük öğrencilerle bir araya getirildiğidir. Alfabenin sadece ilk sesli harfini öğrenmiş olmasına rağmen davayı takip etti. Sonuç, Lord Krishna'nın niteliklerine adanmış ve onları tanımlayan son derece tatlı bir şiirdi. Srimanta Sankaradeva, Assam sosyo-kültürel yaşamının babası olarak kabul edilir. Aynı zamanda Sanskrit dilinden kaynaklanan Assam dilini modernize eden atalardan biridir.

Srimanta Sankardeva aynı zamanda Hindistan'ın en büyük sosyal ve dini reformcularından biridir. 15. yüzyılda Hindistan'da mevcut olan tüm dini felsefeleri inceledi ve ritüelistik Hinduizm'den arınmış yeni bir Hinduizm mezhebi olan Eka Saranan Naam Dharma'yı yaydı. Hinduizm'de yaygın olan Tanrı adına hayvan kurban etmeye karşı çıktı. Ayrıca Hindu kültürünün kast sistemine karşı çıktı ve kast ve inancın üzerine çıkmaya çalıştı. Ünlü sözleri "Kukura Shrigala Gordoboru atma Ram, janiya sabaku koriba pronam": *köpek, tilki, eşek, herkesin ruhu Rama'dır, bu yüzden herkese saygı gösterin.* Bu, hümanizme kadar ulaştı ve İsa'nın *"günahkardan değil, günahtan nefret et" sözü gibi insanlığa hitap etti.*

Srimanta Sankaradeva'nın gösterdiği yolu izleyerek, Assam dilinde "Karatala Kamala", "Kamala Dala Nayana" ve "Borofor Ghor" adlı üç şiir kitabını, Sanskritçe kökenli Hint dillerinde yaygın olan sesli harflerin sembolü olan kar'ı kullanmadan besteledim. Bu kitap "Avucumdaki Lotus", Assam dilinde yazılmış "Karatala Kamala" kitabımın çevirisidir. Sesli harfler kullanılmadan kitabın İngilizce'ye çevrilmesi mümkün değildir ve bu nedenle çeviri, orijinal şiirlerin ruhunu ve temasını koruyarak, temel anlamı bozmadan yapılır. Umarım okuyucular bu şiir kitabını beğenir ve dünya Srimanta Sankaradeva'nın öğretilerini ve ideallerini öğrenir.

_____Devajit Bhuyan

Avucumda nilüfer

Bur çiçeği ağacının altında Sankardeva uyuyordu
Güneş ışınları yüzünde göz kamaştırıyordu
Kral kobra bunu fark etti ve güneş ışığının Sankar'ı rahatsız ettiğini düşündü
Kobra ağaç deliğinden indi ve gölge verdi
Arkadaşlar ve yakındaki insanlar bunu görünce herkes hayrete düştü
Sankardeva Tanrı'dan göksel kutsamalara sahip olmalı
Ve alfabenin tamamını öğrenmeden önce ilk şiirini yazdı
İnsanlar onun ayetlerini ezbere sevdiler ve övmeye başladılar
Ancak hayvan kurban eden rahipler birçok soruyu gündeme getirdi
Kral, Sankardeva'nın cesedini parçalamak için fil kullanarak öldürmesini emretti
Ama Tanrı'nın lütfuyla yara almadan kurtuldu
On yıldan fazla bir süredir Sankara, bilgi edinmek için kutsal yerleri ziyaret etti
Aydınlanmış olarak geri döndü, Assamca'da birkaç ölümsüz dize besteledi
Avucumdaki nilüfer, ölümsüz bir parça olan Assam halkı tarafından hala seviliyor
Evrensel sevgi ve kardeşlik hakkındaki öğretileri Assam'ı zengin etti.

Sankardeva'nın Basit Dini

Dünyanın dini aşktır
Aşka giden yol iyi çalışmaktır, sürtüşme değil
Zihin saf olduğunda, sevgiye giden yol kolaydır
Basit olmak ve her şeyi sevmek iyi bir dindir;
Öfkeyle din ve sevgiye giden yol durur
Her zaman başkalarının dininin sıcak ve kötü olduğunu söyleriz
Başkalarının görüşlerine asla saygı duymayın ve hoşgörü göstermeyin.
Sonuç olarak din, cehalet ve baskı aracı haline gelir;
Aşk her şeyi basit ve söylemesi kolay, ama takip etmesi zor
Yani bu din öğretisi asla yabani otlar gibi yayılmaz
İnsanlar arzu ve açgözlülükle dini hac yaparlar
Ancak Sankar Deva'nın dinini takip etmek kolaydır, ihtiyacınız olan hiçbir şey yoktur;
Alkol kurtuluşa giden yol ya da masum hayvanları öldürmek değildir
Korku ve açgözlülük, işin ve yaşamın amacının arabası değildir
Sadece sevgi ve sevgi gerçek dinin okudur
Para, açgözlülük, nefret ve kas gücü tatmin yolu değildir
Sankar Deva'nın sözleriyle, arzu etmeden dua etmek kurtuluş verir.

Bir teslimiyetin dini

Tanrı, bedeninden klonlama yoluyla insanları yarattı
Hayatımızı o yüce Allah'a teslim etmeliyiz
Ayağında lotus çiçeği ile ona dua edelim
Zamanın oku onun isteklerinde durur ve tüm hayatlar sona erer;
Lord Rama'nın kardeşi 'Bharata', kral Dasaratha'nın evinde doğdu
Rama sevgi, saygı ve bağlılığın önemini gösterdi
Işık festivali Diwali, iyinin kötülüğe karşı zaferi olarak kutlanır
Rama, kötülüğün ve ahlaksızlığın sembolü olan Ravana'yı yok ederek eve döndü
Yerleşik hakikat, hakkaniyetle hukukun üstünlüğü, güven ve tüm konulara sevgi
Rama'nın adanmışı Sankar Deva'nın öğretisi de aynıdır, hepinizi sevin
Assam'daki insanlar bugüne kadar hala Sankar Deva'nın gösterdiği yolu takip ediyor
Kastın, inancın, dini nefretin şeytanı Sankar Dev'in ülkesinde hoş karşılanmıyor
Öğretileri ve dua sistemi sayesinde dini aydınlatıcı hale geldi.

Sankardeva tekrar geri dönmeli

Sankar Dev, dini ilkelerini öğretmek için tekrar Assam'a dönmeli
İlerlemeye eşlik eden acı ve bölünme, sadece ortadan kaldırabilir
Ülkesinde dini, sosyal ve cinsiyet ayrımcılığının görünmeyen yabani otları
Sadece onun öğretileri nefreti ve insan toplumundaki bölünmeleri ortadan kaldırabilir
Onun varlığı, Assam ve Hint halkındaki hastalıkların çoğunu ortadan kaldıracak
Sankardeva geri dönmeli ve Assam dünyada yeniden parlamalı
Vaftiz ve öğrenci yetiştirme sistemi küresel hale gelecektir
İnsanların zihniyeti değişecek ve kardeşlik gelişecek
Dua evi tapınağı "Namghar" yeni zirvelere dönüşecek
Küçük dini yorumlar adına yapılan farklılıklar ve kavgalar ortadan kalkacaktır
Assam halkının zihniyeti açık, daha geniş olacak ve insanlar insanları bütünleştirecek
Dünyanın sosyo-kültürel ortamı hiçbir zaman siyah kalın bir bölünme bulutu görmeyecektir.

Sankardeva dininde

Lotus'u Sankardeva'nın ayakları üzerinde tutalım
O'nu dünya çapında öğrencisi yapalım
Sankardeva'nın dini çok basittir
Tanrı'nın benzersiz ve ifadenin ötesinde olduğunu söyledi
Tanrı'nın nimetleri için kendi yarattıklarını feda etmeye gerek yok
Saf bir zihinle Tanrı'ya dua edin ve bu çok basit
Tanrı her yerde vardır ve her zaman her yerde dua eder
Sadece değil, tüm hayvanlar alemini sevmek gerçek dindir.
Zihninizi cesur yapın ve iyilik yapın, aydınlanacaksınız.

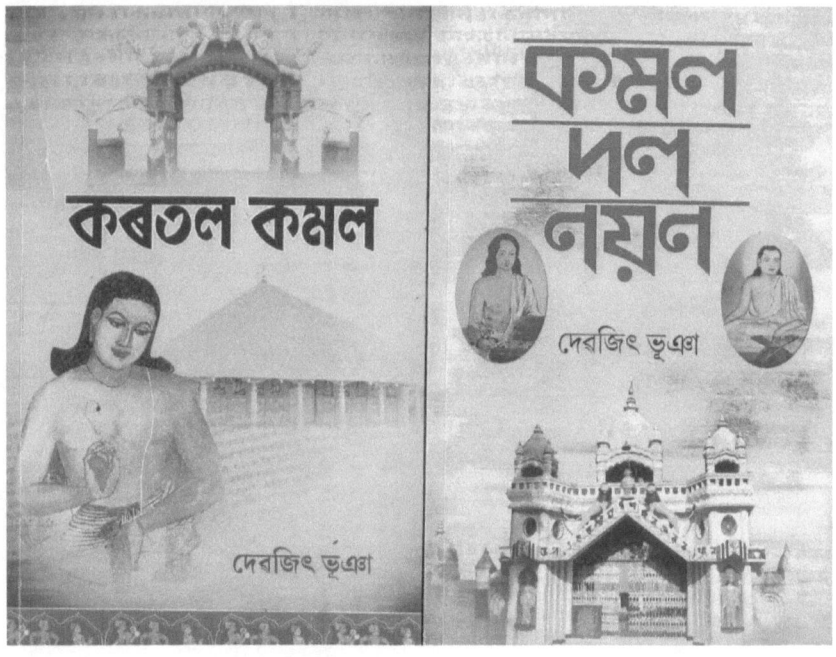

Sankardeva'da çöp alın

Zihin her zaman kararsız ve kararsızdır
Bunun üstesinden gelmek için Sankar'ın yolu basittir
Yaşlılıkta ne para ne de zenginlik huzur vermez
Kalabalık plaja yakın olsanız bile yalnız yürümek zorundasınız
Hiçbir genç, kendi evinizde bile konuşmakla ilgilenmeyecektir
Ve zihin ağrısı kat kat artacak
Yaşamın son günlerinde neden başkalarına yük olasınız?
Tanrı'ya açık fikirli ve yürekten gelen herhangi bir arzu ile dua edin
Kuşkusuz, Sankar'ın metinleri kurtuluşa giden kararsız zihne giden yolu gösterecektir.

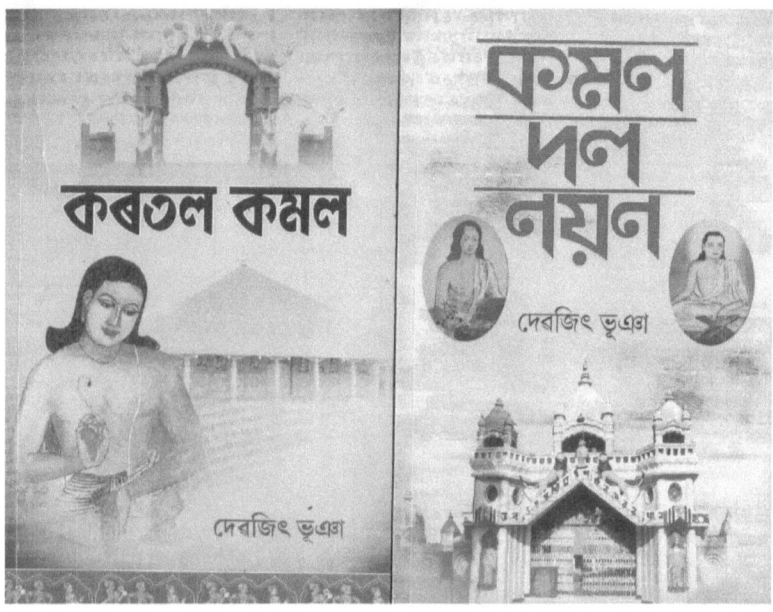

Öğrenciler Sankardeva'yı ziyaret ediyor

Elinde nilüfer
Yaya sabot
'Khot khot' sesi
Sankardeva'nın gelişini ifade eder;
Öğrenciler çok sevindi
Sankardeva ile tanışma arzuları gerçekleşti
Sankardeva parlak bir güneşe benziyordu
Öğrenciler onun parıltısını görünce şaşırdılar
Ağızlarından dualar akmaya başladı
Sankardeva'nın ayağına ilahi bir zevkle dokundular
Öğrencilerin hayatı başarılı oldu
Sankardeva onları modern ve basit dinine vaftiz etti
Yavaş yavaş Sankardeva'nın öğretileri vahşi bir ateş gibi yayıldı
Assam'ın gökyüzü, havası ve evleri onun dizelerini söylemeye başladı
Assam'ın sosyo-kültürel yeni bir rota izledi.

Evrensel Guru Sankardeva

Sankardeva insanlık için evrensel bir Guru'dur
İyiliğin, eşitliğin ve maneviyatın sembolüdür
Hiç kimse ona eşdeğer değildir ve olmayacaktır
Sankardeva'nın sadece birkaç çağdaşı görülebiliyordu
Tek Tanrı'nın yazısı, tek dua ve kardeşlik yayıldı
İnsanların zihninin karanlığı hızla kayboldu
Açgözlü ve şiddet yanlısı insanlar bilinçlerini yeniden kazandılar
Sankardeva tüm zamanların en büyük oyun yazarı ve yönetmeniydi
Oyunları çok hızlı yayıldı ve Assam kültürünün bel kemiği haline geldi
Sankardeva'nın vizyonu sadece insanlarla sınırlı değildir
Bu dünya gezegenindeki her canlının yaşamını kapsar
Sankardeva, sonsuza dek Assam milliyetinin Tanrı Babası.

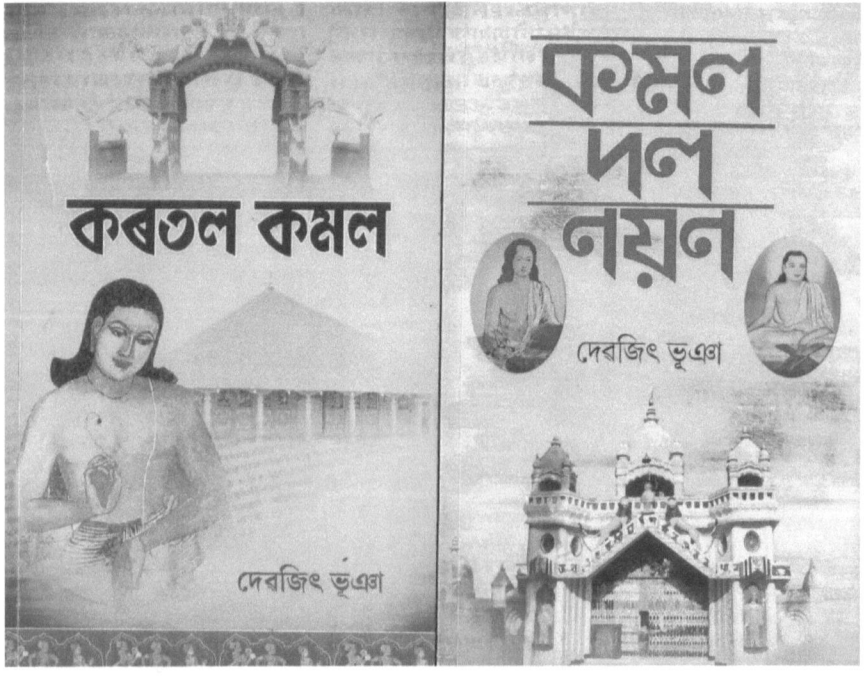

Assam'ın altını

Hazarat'ın evi bir Arap ülkesindeydi
Parfüm onun aklı ve dini için çok değerlidir
Suudi Arabistan'da doğan yeni din, Hazarat peygamberdi
Din, putlara tapmayı bıraktı ve sadece bir Tanrı'ya taptı
Ritüel olmayan yeni din hızla popüler hale geldi
Hac ziyareti, yıllık bir ritüel haline gelir
Kısa süre sonra diğer dinlerle kavgalar başladı
Dini hoşgörüsüzlük nedeniyle savaş patlak verdi
Dünya halkları dini çatışma yüzünden çok acı çekti
Arap olmayan dünyadan insanlar acılardan Muhammed'i sorumlu tuttu
Sankardeva, tüm inançlar arasında kardeşlik ve evrensel sevgi için vaaz verdi
İslam'ın takipçileri de onun öğrencisi oldu
Assam'da hiçbir dini haçlı seferi veya çatışma olmadı
Toplum toplumsal uyumla ilerledi
Sankardeva, Assam'ın Altını olduğunu kanıtladı.

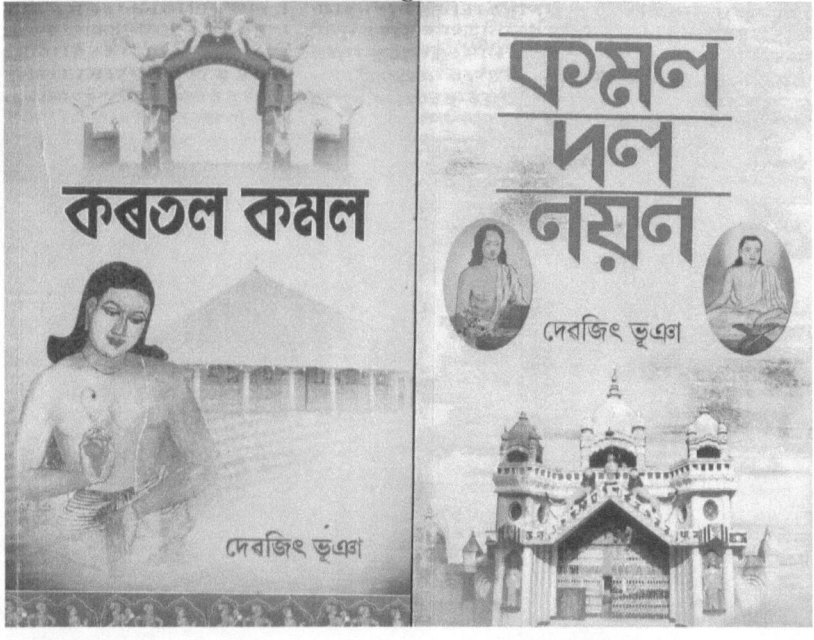

Brindavani bastra (kumaş) Sankardeva tarafından

Sankardeva öğrencileriyle birlikte anıtsal bir kumaş örmeye başladı
Başyapıtın yaratılmasına katılan herkes çok sevindi
Lord Krishna'nın hikayesi bu tek kumaş parçasında tasvir edilmiştir
Brindavani bastrasının güzelliğine bakarken tüm dünya şaşkına döndü
Bu eşsiz kumaş parçası, Assamlı dokumacı ve tekstil endüstrisinin tacı oldu
Zaman zaman İngilizler Assam'a geldi ve hükümdar oldu
Brindavani bastrası Londra'ya götürüldü
Hala British Museum'da Sankardeva'nın ihtişamı ve Assam'ın dokumacıları olarak parlıyor.

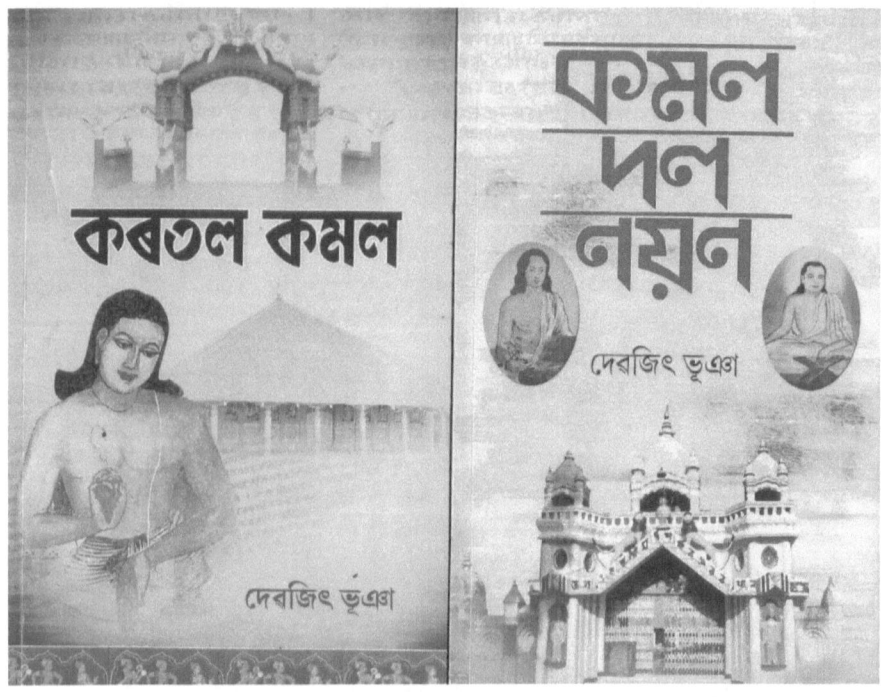

Kalplerin kralı

Assam halkı için Sankardeva kalplerin yeni kralı oldu
Assam'ın ufkunda parlak güneş gibi gülüyor
Sözleri ve öğretileri rüzgar esintisi gibi oldu
Assam onun için ilgi odağı oldu
Yazıları reform Hinduizm için dini metin haline geldi
İnsanlar onun takipçileri ve öğrencisi olmak için sürüler halinde geldiler
Ritüelistik Hinduizm sıradan insanlar için basitleşti
Kast, inanç, zengin ve fakir bariyeri yıkıldı
İnsanlar onu mektup ve ruhla takip ettiler
Assam'da tartışmasız gönül kralı olarak taç giydi.

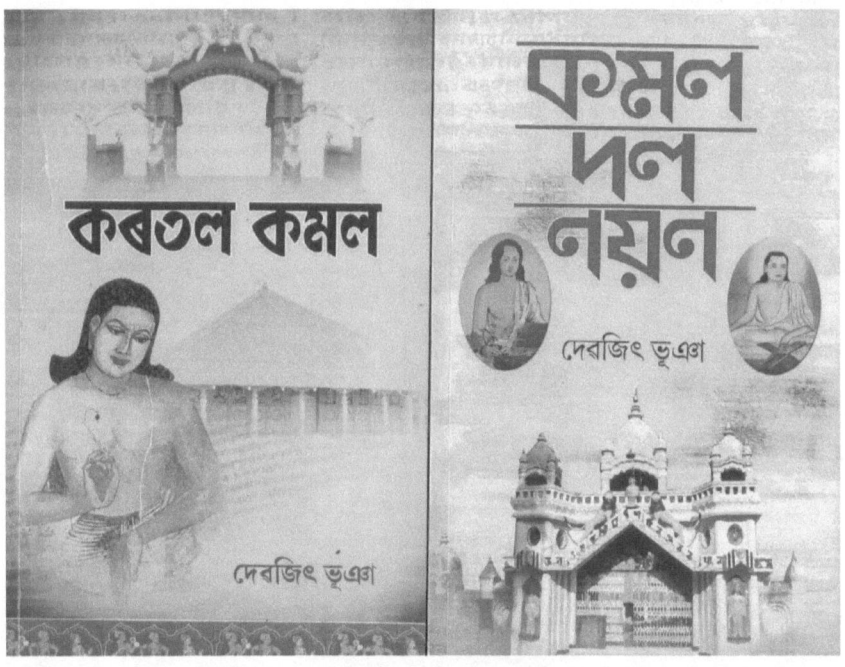

Sankardeva'nın Ayrılışı

Sankardeva'nın doğumundan yüz yirmi yıl geçti
Aziz Sankardeva'nın dünyadan ayrılma zamanı geldi
Sankardeva hiçbir kralı öğrencisi yapmamaya karar verdi
Ancak Assam Kralı Naranarayana onu vaftiz etmekte ısrar etti
Sankardeva, Kral daha fazla baskı yapmadan önce dünyevi hayatı terk etmeye karar verdi
Öğrencilerine tüm hazinelerini vererek cennetteki meskene gitti
Assam ve Bengal'in tamamı onun ayrılışında şok oldu
İnsanlar günlerce ağladı ve gözyaşları yağmur gibi yağdı
Sankardeva, dini metinleri ve diğer yazıları aracılığıyla ölümsüzleşti
Bugüne kadar ayetleri ve yazıları Assam dilinin bel kemiği ve klasikleridir.

Lord Shiva'nın bacakları

Bu dünyadaki dramın sonu Lord Shiva aracılığıyla gerçekleşir
Ölüm, hayatın aynaya yansımasının sonudur
Lord Shiva bu evrendeki mükemmel dansçıdır
Ebedi dansının sürtüşmesinde yıldızlar ve gezegen yok olur
Onun çağrısıyla galaksiler bile ölür ve kara delik olur
Lord Shiva, saf zihinle dua ederek kolayca tatmin edilebilir
Yaşam ve ölüm, yaratılışın ve yıkımın bir parçasıdır
Kimse ölümden kaçamaz, Lord Rama ve Krishna bile
Ölüm tanrısı Kral Yama bile Lord Shiva'nın habercisidir.

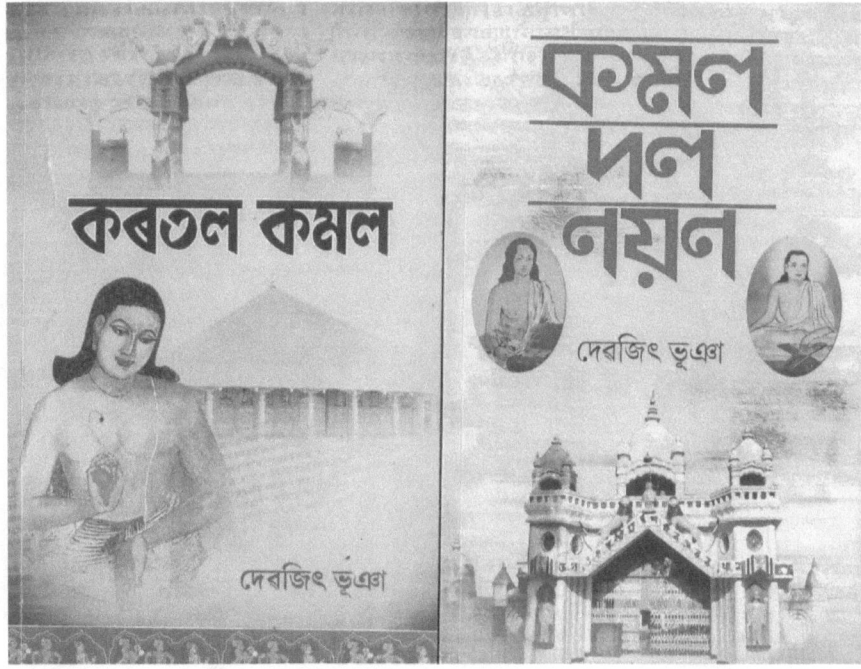

Dinler paranın pençesinde

Dünya artık günah ve kutsal olmayan faaliyetlerle doludur
Dağın tepesi ve derin deniz bile özgür değil
Kimse basit bütünsel yaşamı sevmez
Herkes günah denizinde yüzmekle meşgul
Dinler paranın pençesinde
Suçlular, para gücüyle dinde tarla günü geçirirler
Para için, rahip suçluları kutsal duşla övüyor
Bir gün Tanrı'nın reenkarnasyonu gerçekleşecek
Dünya nefret, günah ve suçlardan arınmış olacak.

Dua

Zihni temizlemek için dua şarttır
İnsanların örümcek ağını kaldırmak hayati önem taşır
Dua temiz akılla yapılmalıdır
Duanın sonucunu, ancak o zaman bulabiliriz
Her canlı için nazik olmalıyız
Açgözlülükte zihnimiz kablolu ve kör olur
Sadece dua ederek gevşeyebiliriz
Dua, yalnızlık için önemli bir araçtır
Beklentisiz dua tutumu değiştirebilir
Dualarla zihin saf, sağlıklı ve güçlü olur
Dilden asla sert sözler çıkmamalıdır.

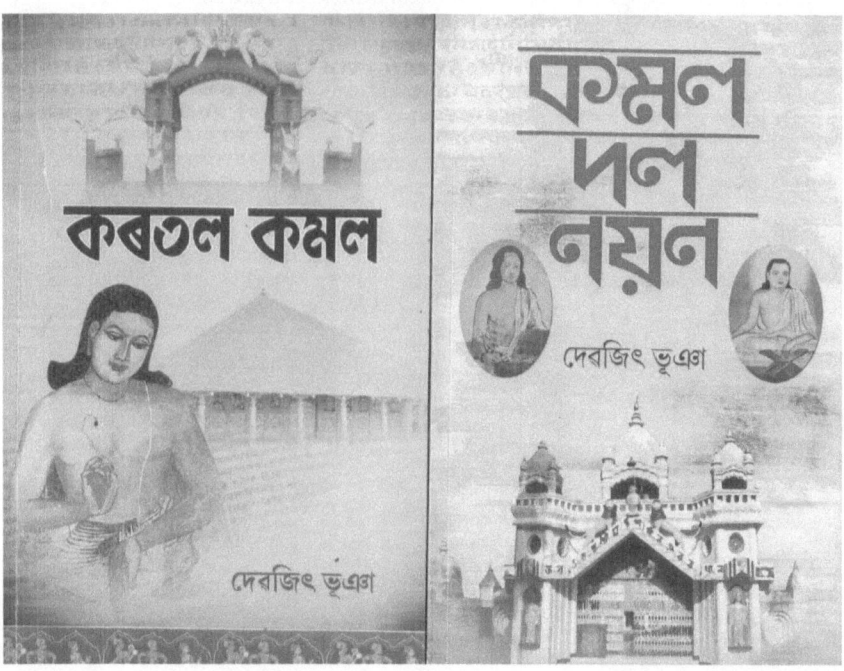

Para

Artık dünyada, para insanın amacıdır
Para geldiğinde, ruha ilahi duygular getirir
Ancak para için çok fazla açgözlülük, zihni bağımlı ve statik hale getirir
Para, yalnızca ihtiyaçları tam olarak karşılamak için bir hayatta kalma aracı olarak gereklidir
Ancak para arzusu zorunluluk değil, sadece bir açgözlülüktür
Paranın ağaçta asla yetişmediği doğrudur
Bu dünyada bedavaya para kazanamazsın
Para kazanmak için çok çalışmak tek anahtardır
Dünyamız asla daha fazla parayla cennet olmayacak
Çok fazla açgözlülük acıdır, hatta bal yapar
Para, son yolculuğunuzda asla arkadaşınız olmayacak.

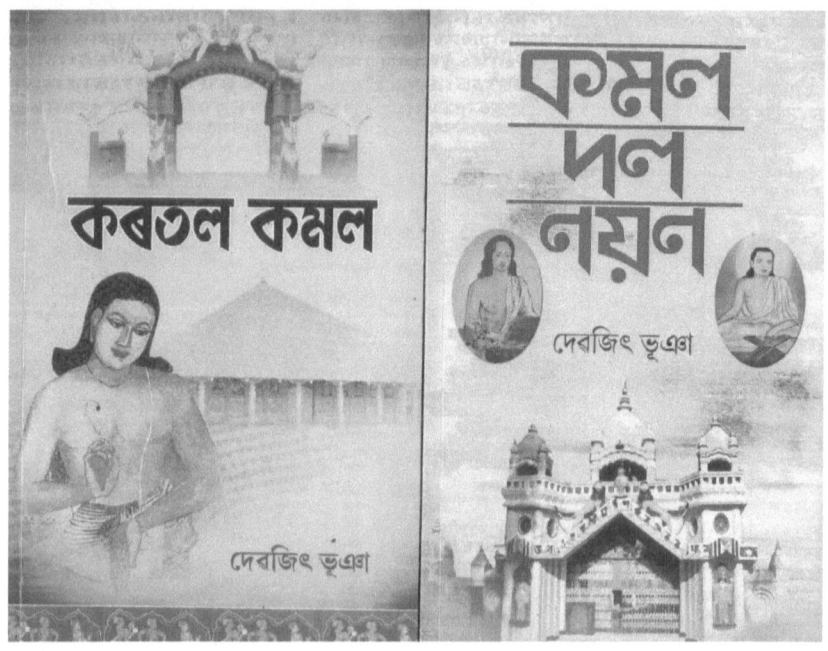

Assam Gergedanı

Ey insanın, biraz utan
Masum Gergedan'ın boynuzunu çalmayın
Assam bu boynuzlu hayvanla ünlüdür
Hayatta kalmaları için ajanslarla birlikte çalışın
Onları yaşam alanlarında avlamayın ve öldürmeyin
Vahşi doğada ziyaret etmeleri için sevgi yolu yapın
Onlar Assam'ın ihtişamlı ve yalnız çocuğu
Kaçak avcılar Gergedanı öldürdüğünde acı hissedin
Bambu yakınında dolaşırken güzelliği görün
Kaziranga, birçok genç ve yaşlıya geçim kaynağı sağladı
Bu hayvanı altınınız olarak koruma görevinde gönüllü olun.

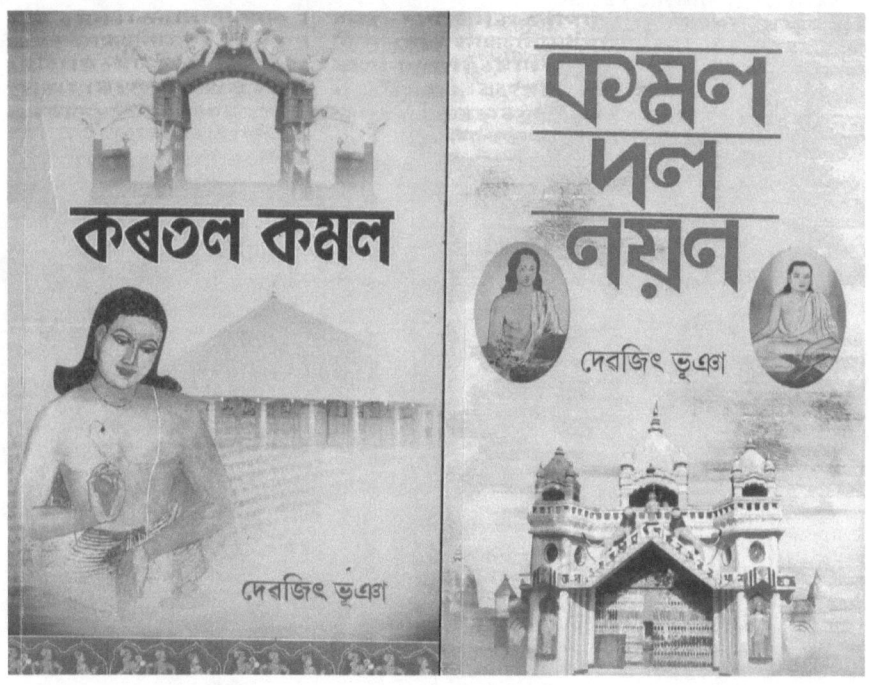

Adam

Adam! Başka bir dünya savaşı başlatamazsın
Dostum, devam eden savaşı durdur ve durdur
Savaşa devam ederseniz, dünyanın yıkımı uzak değil
İnsanlığın ve medeniyetin temeli sarsılacak
İnşa ettiğin yollar, binalar, köprüler, her şey yıkılacak
Birkaç saat içinde güzel büyük şehirler yıkılacak
Ormanlar ve yaban hayvanları kökünden sökülecek
Bahar kuşların melodisiyle gelmeyecek
Artık evcil hayvan sürüsü olmayacak
Adam! Çocuklarınıza düşmanlıkları durdurma sözü veriyorsunuz
Savaşı durdurmak için anlaşma formalitelerine değil, sevgiye ve kardeşliğe ihtiyaç vardır.

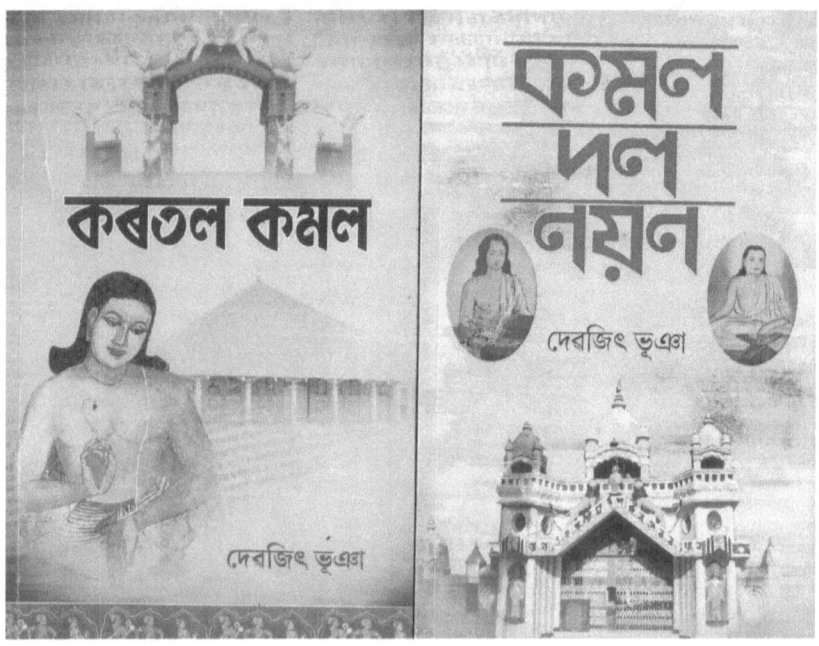

Vadinin iyimser

Yüksek dağda, donmuş evler
Eller buz olur ve hareket edemez
Sıcak çorba içmek bile yardım edemez
Yünlü giysiler vücudu sıcak tutamaz
Alkol sıcak olmasa da vücudu rahat tutabilir
Vücudu sıcak tutmak için, bir mandalla oraya buraya koşun
Birkaç günlük bakkaliye için çantayı taşımalısınız
Bir ay kadar sonra buz eriyecek
Su vadiden aşağı akacak
Vadi yeni bitkilerle yeniden neşelenecek
Vadinin kuşları ve hayvanları baharın tadını çıkaracak
Vadiye yeşil renk, yeni ağaçlar getirecek.

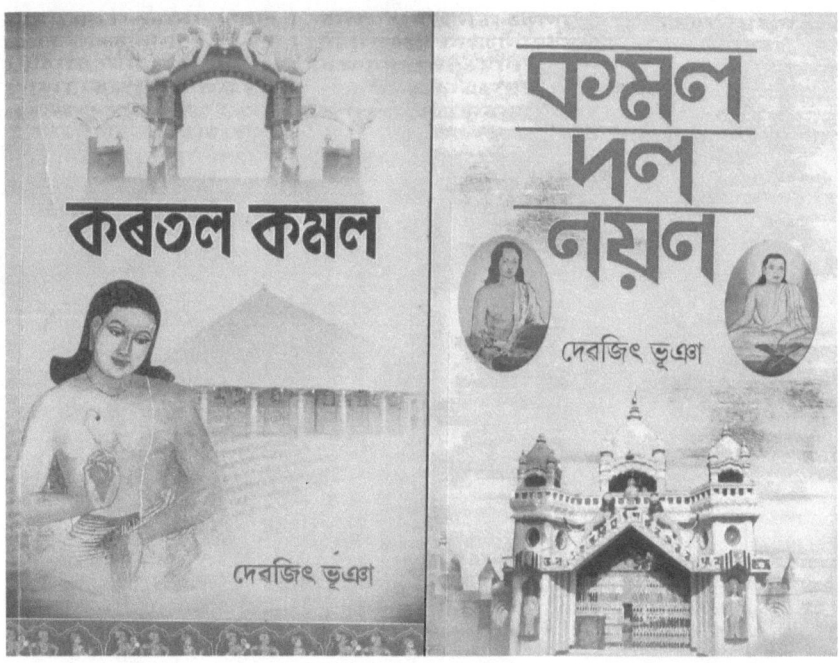

Gelişen Assam

Dünyanın diğer bölgelerinde olduğu gibi Assam'da da bahar çok değerlidir
Farklı topluluk festivali günleri yavaş yavaş ortaya çıkıyor
Dokumacılar festival sezonu için mutlu ve aktif
Dokuma mekiklerinin sesleri yeni bir boyut kazanıyor
Lotus göletlerde çiçek açar ve esintili rüzgarla dans eder
Gergedanlar yumuşak ot yemek için derin ormandan çıktılar
Turistler onları açık ciplerde kahkaha ve eğlenceyle ziyaret ediyor
Bazen Gergedanlar araçlarını koşarak kovalarlar
Bazı yabancılar üçünün altında bir bira şişesi açar
Hava ve iklim açık, yumuşak ve özgürdür
Assam çiçekler, danslar ve uçan arılarla güzelleşir.

Alkolden kaçının

Alkol, Assam gibi tropikal ülkeler için iyi değildir
Sıcak nemli iklim içmek için elverişli değildir
Çay bahçesi alkol için batardı
Alkolden kaçınmak için Assam halkı şunları düşünmelidir:
İmp ve köylünün hikayesini hatırlayın
Alkol için ailelerin parçalanması söz konusudur
Assam'da nilüfer partisi iktidara geldi
Alkol duşunu da artırdılar
Etik olmayan takipçiler gençlere alkol satıyor
Ebeveynlere sefalet ve gerginlik, şimdi bir gün getiriyor
Assam gibi yoksul devletler için alkol patlaması iyi değil
Gelir elde etmek için alkolü teşvik etmek kabalıktır.

Savaş

Savaş bir şaka ya da mizah meselesi değildir
Ölümsüz biri bile savaşta ölüyor
Savaş evleri, tarımı ve geçim kaynaklarını yok ediyor
Hızla yükselen tüm gıda fiyatları haline geldi
Hayvanlar ve ağaçlar için de savaş iyi değildir
Çocuklar ağlıyor ve korku içinde annelerinin ölümünü görüyorlar
Onların duaları da Tanrı Baba tarafından dinlenmedi
Ne de egoist ve sözde vatansever dünya lideri
İnsanlık, savaşın medeniyetin gafı olduğu konusunda asla hemfikir değildir
Acı ve ıstıraplar çatışmanın nihai sonucudur
Sevgili liderlerim, savaş başlatmaya asla izin vermemelisiniz
Senin zulmün, bir gün tarih suçlayacak
Dünyayı barışçıl hale getirmek için beyninizi ve içgüdülerinizi kullanın.

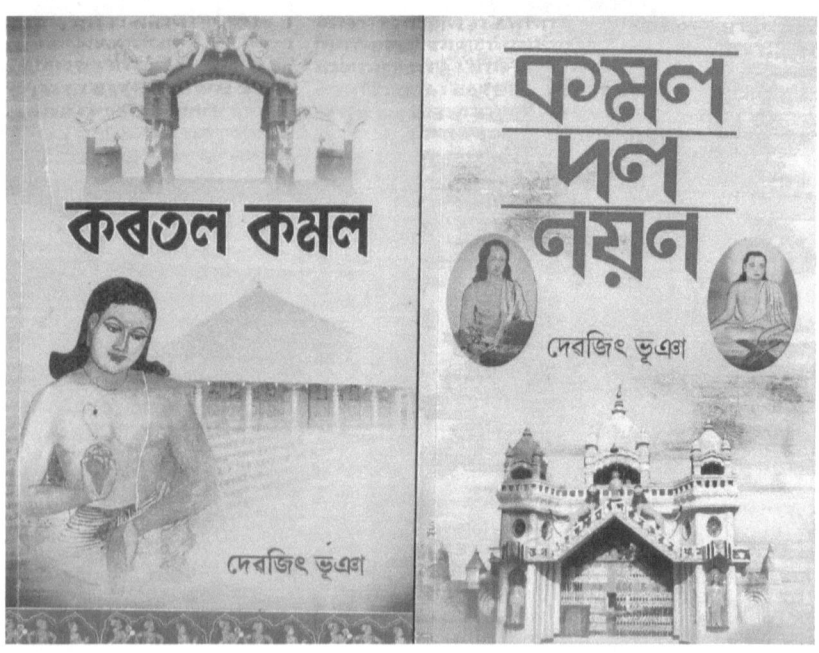

Güzel iş

İyi işin meyvesi iyidir
Kötü işin sonucu ıstıraptır kuraldır
İyi işler yaparken Tanrı eşlik eder
Haksız işlerin sonucu tek başınıza acı çekmeniz gerekir
Yerçekimi ağaçlardan meyve çeker
Benzer şekilde iyi işler de Tanrı'nın bereketlerini çeker
Yakında göreceksin, işin parlıyor.

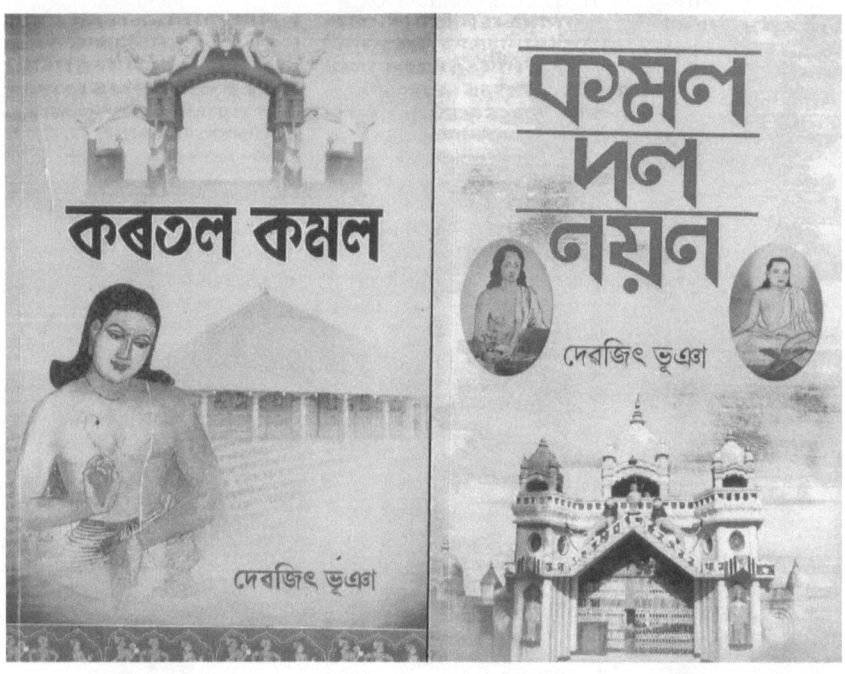

Kimse ölümsüz değildir

Bu dünyada hiç kimse ölümsüz değildir
Her an ölüme doğru ilerliyoruz
Dürüstlük yolunda, düşme korkusu yok
Tanrı sevgisiyle, yolculuğu kolayca kat ederiz
Para ve zenginlik için deli olmayın
Para asla ölümsüzlüğü satın alamaz
Cesur olmak ve ölümden korkmamak için zihninizi güçlendirin
Yaşarken cömert, kibar ve dürüst olun
Kalkış sırasında pişman olmayacaksınız.

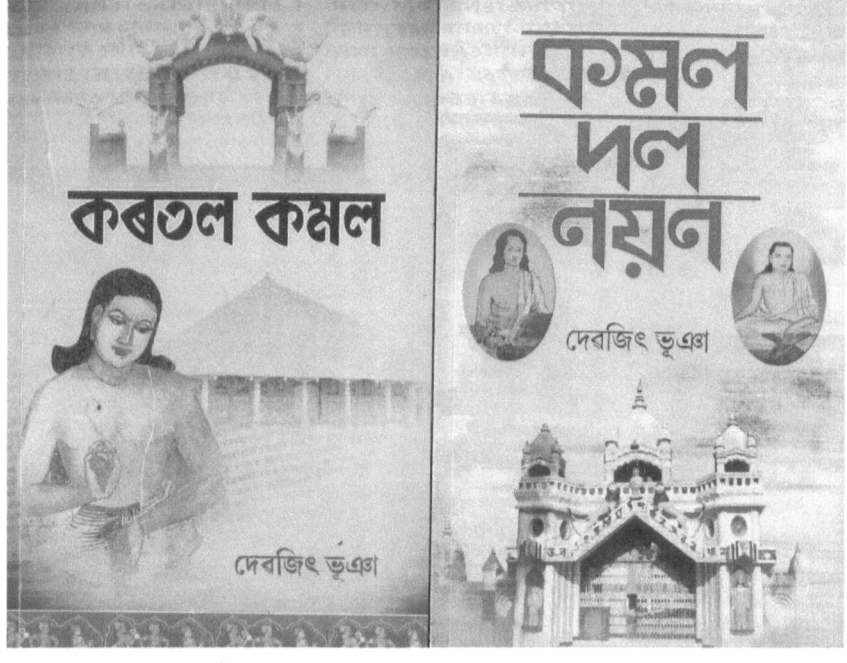

Renk festivali (Holi)

Holi, renk festivali
Holi'nin sevgisinin ve şefkatinin tadını çıkarın
Renk dalgaları, kırmızı, sarı, mavi, yeşil akış
Renklerle insanların tüm vücudu ışıldıyor
Şehir, kasaba, köy her yerde aynı ruh
Renklerin muhteşemliğinin tadını çıkarmak içgüdüdür
Renk festivalinde herkes acıyı unutarak günün tadını çıkarır
Yedi renk hayatın ruhudur, bu tema Holi treni.

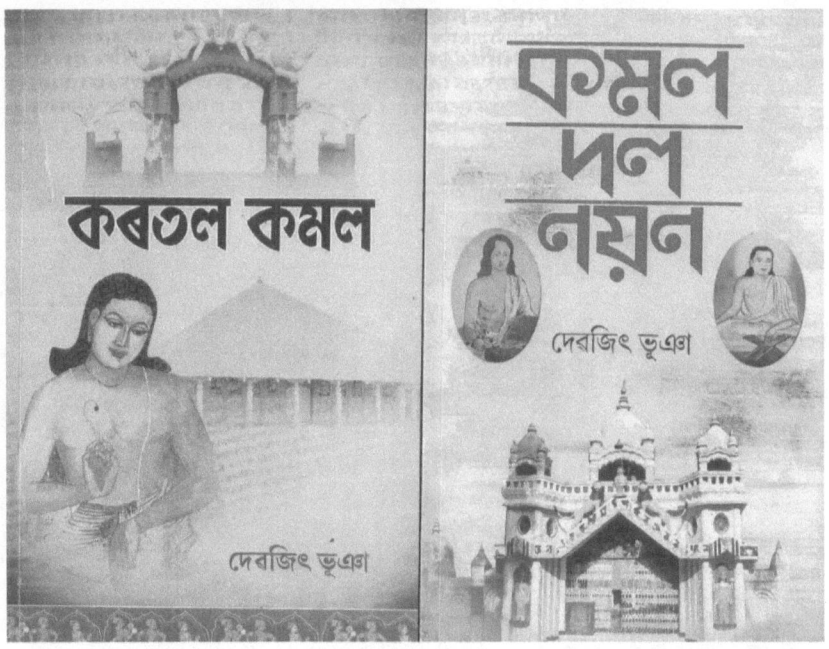

Cimbom

Chital, ormanda mutlu bir şekilde otluyorsun
Ama insanoğlunun farkında olun
Etiniz için açgözlüler
Yenemeyeceğin ok hızı
Rhino ile dolaşsan iyi olur
Ve filin yanında dinlen
Sen Hindistan'ın güzel kolyesisin
Deriniz ve etiniz düşman medyanızdır
Küçülen ormanla birlikte hayatta kalma yolculuğu zor olacak.

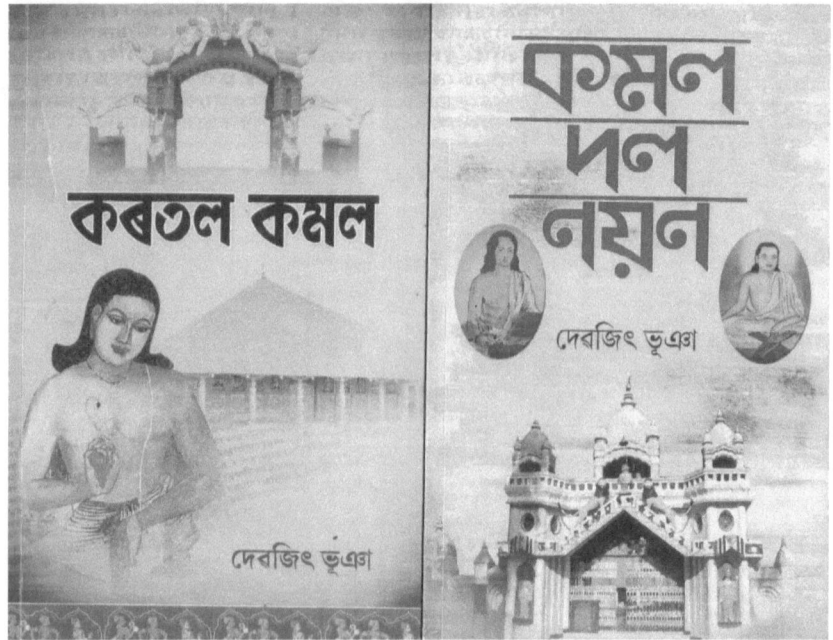

Festival sezonu

Acılarım sırasında beni hiç umursamıyorsun
Parasal kazancı bilerek bana koştu
Sıcak yaz aylarında bile, şimdi koşmaktan çekinmiyorsunuz
Para, heyecan verici motivasyon eğlencesidir
Festival boyunca da dilekler için zamanınız olmadı
Ama sen kendi neşen için dağa tırmandın
Ama arkadaşın hakkında bilgi almak için zaman yok
Şimdi tatlı sözler söylüyorsun, nasıl güvenebilirim
Her sözün sadece maddi sebepler ve şehvet için.

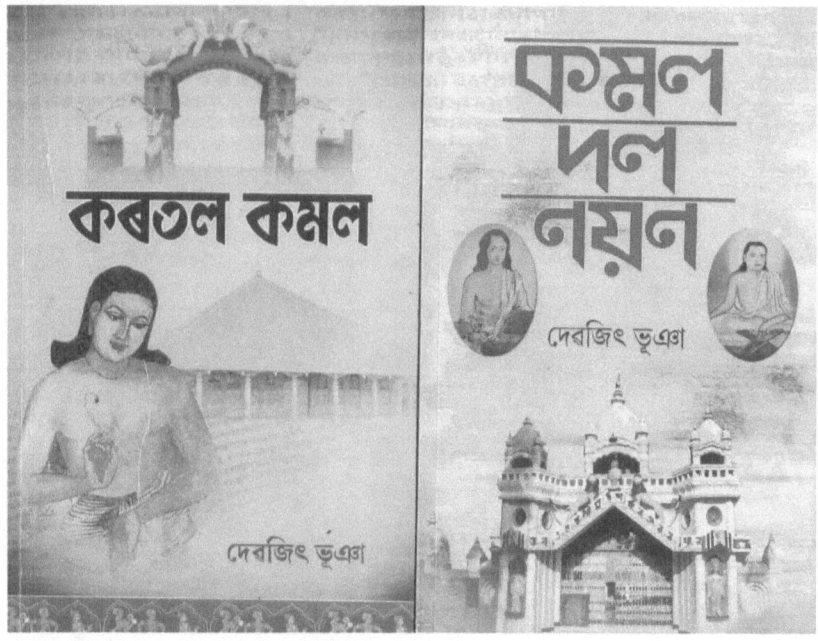

Yaş

Yaşlılıkta insanlar durağan hale gelir
Yukarı çıkmak için bile hareketten hoşlanmıyorum
Oysa insanlar ölümden korkuyor
Bitmemiş dilekler, işler ve arzular
Ölüm korkusunu daha korkutucu hale getirin
Ölüm bile ne seni ne de beni bağışlayacak
Öyleyse neden ölümden korkuyorsun, anın tadını çıkar
Maneviyatta ve her şeye kadir olarak reddedin
Ölümü düşünürken, hafife alın.

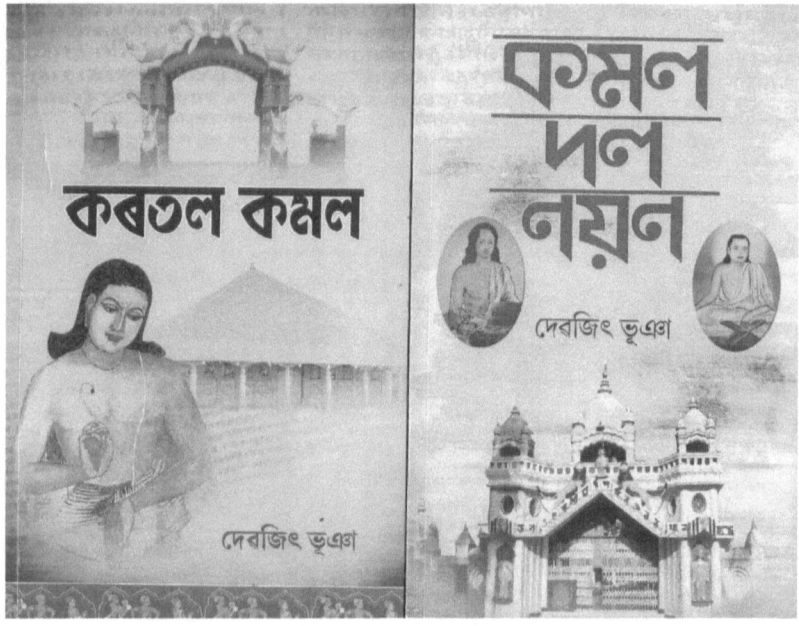

Anneni sev

Anneni sev, annene iyi bak
Hastalığında aşk ilaçtan daha iyidir
İlaçlar tek başına hastalığı tedavi etmek için yeterli değildir
Sevgiyle bakım, iyileştirmek için sihirli bir güce sahiptir
Çocukluk günlerini hatırla
Annenin avucunun dokunuşuyla kendini daha iyi hissettiğinde
Şimdi yaşlılıkta dokunuşunla sakin hissedecek
Sevecen dokunuşunuzdan daha fazlası, daha iyi bir merhem yoktur.

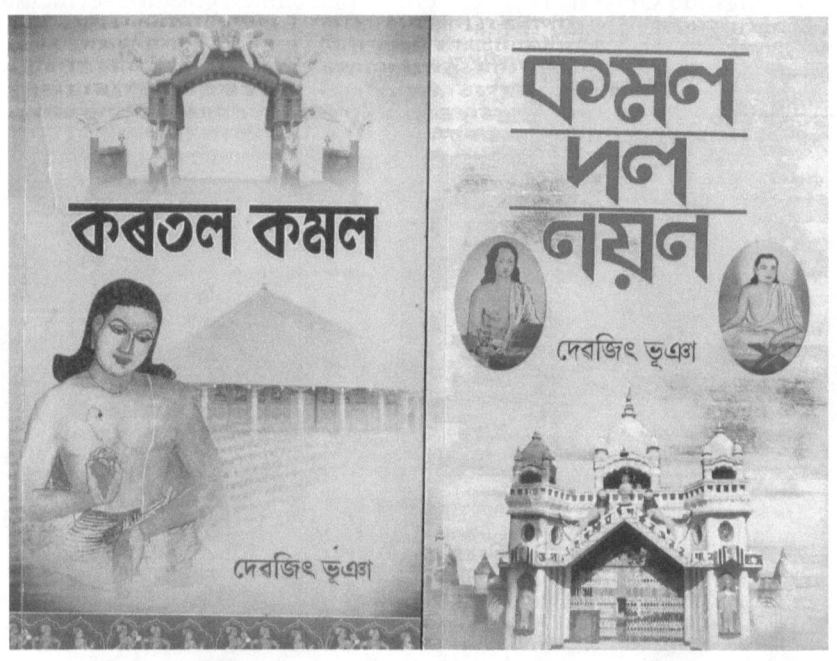

Nisan

Nisan, Assam'da sadece Nisan ayı aptalı değildir
Nisan ayında her Assamlı'nın aklı havada uçuşuyor
Soğuk kıştan sonra mevsim değişti
Ağaçlar dans eden yeni yeşil yapraklarla
Ve mango ağaçlarında sürekli şarkı söyleyen guguk kuşu
Yeni havlu (gamosa) dokumacılığı ile meşgul dokumacılar
Rongali Bihu festivali, neşe festivali kapıyı çalıyor
Genç ve yaşlı, herkes Bihu dansı yapmakla meşgul
Bihu, Brahmaputra kıyısındaki Assam halkının ruhudur
Kaziranga'nın Gergedanları bile yeni yetişen çimleri görünce sevinçlidir
Nisan ayı sadece takvimde bir ay değildir
Nisan (Bohag) Assam'ı yeşillendirir ve Assam halkının kalbini aydınlatır.

Dasaratha (Ramayana hikayesi)

Kral Dasaratha'nın okunda, kör bilgenin oğlu öldü
Bilgenin laneti yüzünden, çocuksuz Dasaratha'nın çocukları oldu
Rama, Lakshmana, Bharata ve Straughn ile doğdu
Ayrıca, Rama'nın karısı Sita, Nepal'de yakındaki bir krallıkta doğdu
Babasının sözlerini tutmak için Rama on dört yıl sürgüne gitti
Lakshmana ve Sita da sürgün sırasında Rama'ya eşlik etti
Rama'yı ormana göndermenin zihinsel şoku yüzünden
Dasaratha öldü ve tahtı yönetmesi için Bharata'ya bıraktı
Sita, iblis kral Ravana tarafından ormanda kaçırıldı
Rama, Hanumana ve diğer maymunların yardımıyla Lanka'ya ulaştı
Sita kurtarıldı, Ravana öldürüldü ve hepsi Ayudha'ya geri döndü
Rama, eşitlik, adalet ve hukukun üstünlüğü ile ideal krallığı kurdu.

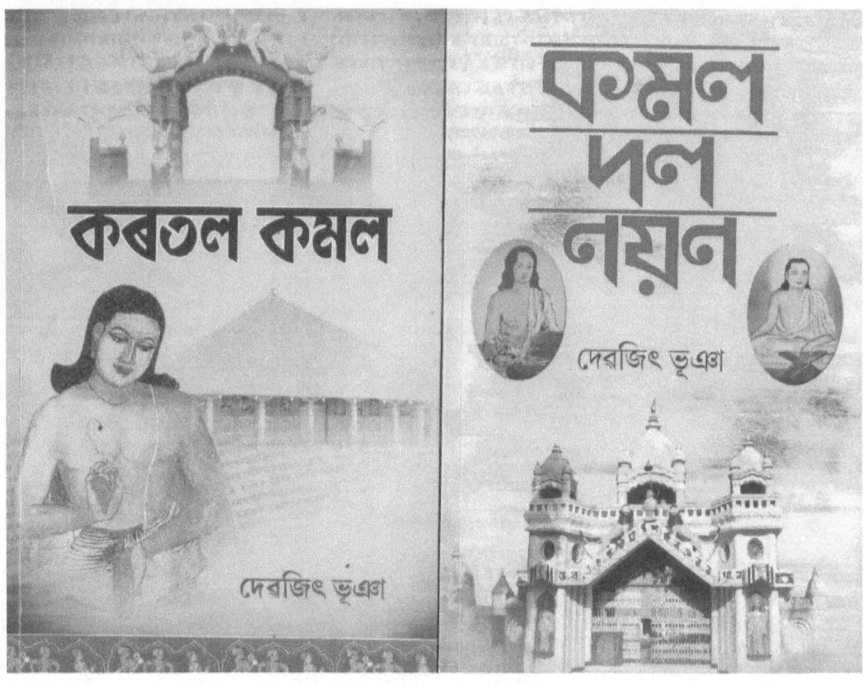

Bharata

Lakshmana, Rama ile ormana gitti
Bharata krallıkta kaldı
Rama'nın sabotunu Singhasan'da (sandalye) tutarak krallığı yönetti
Büyülü chital Lakshmana'yı aldattı
Sita, ormandaki kulübelerinden kaçırıldı
Rama ve Ravana arasında büyük bir savaş patlak verdi
Lakshaman, iblis kralın yenilgisinde kilit rol oynadı
Sita kurtarıldı ve herkes mutlu bir şekilde eve döndü
Bharata'nın ıstırabı, Rama'nın dönüşüyle sona erdi.

Lakshmana Belediyesi

Bilgeler "Lakshmana, Ravana'dan korkma" tavsiyesinde bulundular.
Rüzgarın oğlu Hanuman bir gölge gibi seninle
Ravana, Lord Shiva'nın bir adanmışı olmasına rağmen
Egosu ve kibri yenilgisine yol açacaktır
Savaşta zaman çok önemlidir ve düşmana en iyi silahlarla saldırın
İlk etapta en iyi silahlarınızı kullanın
Doğruluk ve dürüstlük yolu her zaman kötülüğe galip gelir.

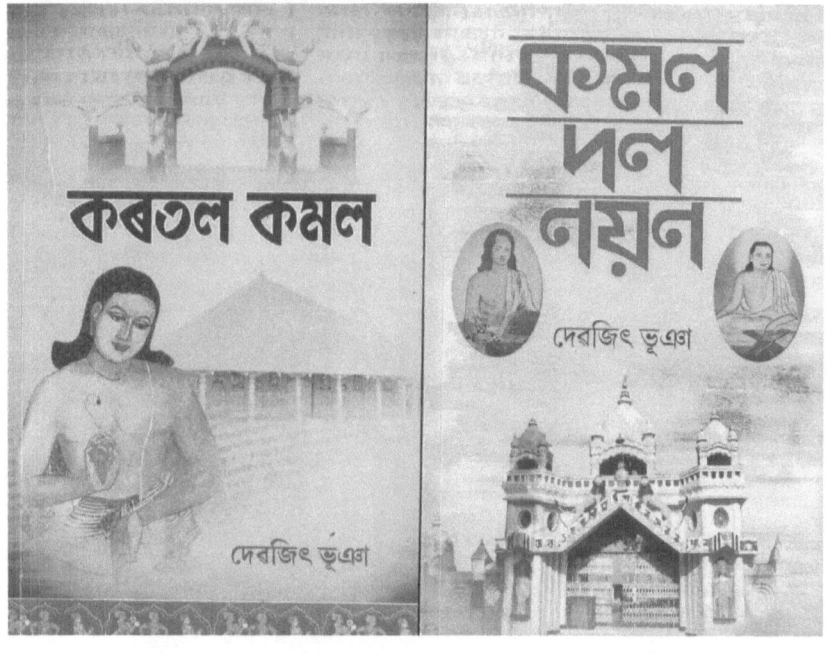

Laba (Rama'nın oğlu)

Laba, kral Dasaratha'nın torunuydu
Genç, enerjik ve güzel
Rishilerin ve bilgelerin aşramasının koruyucusu
Laba'nın ünü tüm kıtaya yayıldı
Rama onu meclisine çağırdı
Kardeşi Kusha da ona eşlik etti
Ramayana'nın hikayesini onlardan dinleyen Rama şaşırdı
Rama, ikiz kardeşlerin kendi oğlu olduğunu kabul etti.

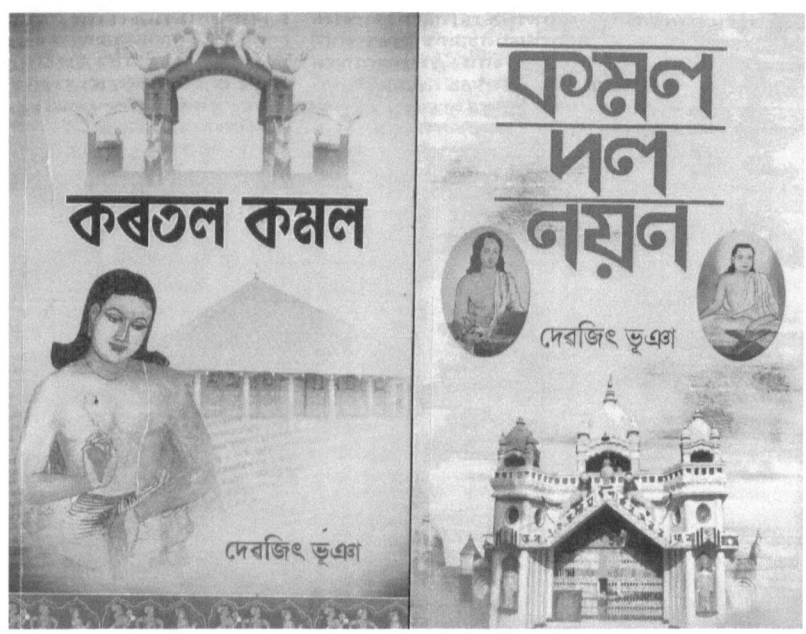

Tanrı'yı Aramak

Büyük büyük tapınaklarda bugün bile hayvanlar kurban ediliyor
Bufalo kanı, keçiler nehir gibi akar
Tanrı'yı memnun etmek için insanlar Tanrı'nın kendi çocuklarını öldürürler
Hiçbir Tanrı masumların kanını görmekten asla memnun olmaz
Tanrı tüm canlıların sevgisini ve ilgisini görmekten memnun olacaktır
Ey insanın, aklın saflığıyla Tanrı'ya dua et
Masum hayvanları kurban ederseniz, Tanrı duanızı kabul etmeyecektir
Kanla dua ettiğin şeye asla cevap vermeyecek
Tanrı her zaman merhametlidir ve asla kimseyi öldürmez
Kendi çıkarınız için masumları feda ederseniz, günah toplarsınız.

Dürüst yolun arabası

Bu bizim Assam'ımız, sevgili Assam
Çok sevgili ve kalbimize yakın
Assam, iyi kültür ve cömertlik ülkesidir
Ahlaksız kadın ticareti yoktur
Birçok kabilede bile kadın aileyi yönetir
Para hırsıyla kimse yapmaz
Çeyiz ve gelin yakma Assam yaşamının bir parçası değil
Her kadına ve sevgili eşe eşit hak verilir
Sahtekârlık yolunda büyük paralar olabilir
Ama Assam'ın basit adamı basit hayatı tercih etti
Çok nadir, kadınların daha iyi yarısının dövülmesi ve boşanmasıdır.

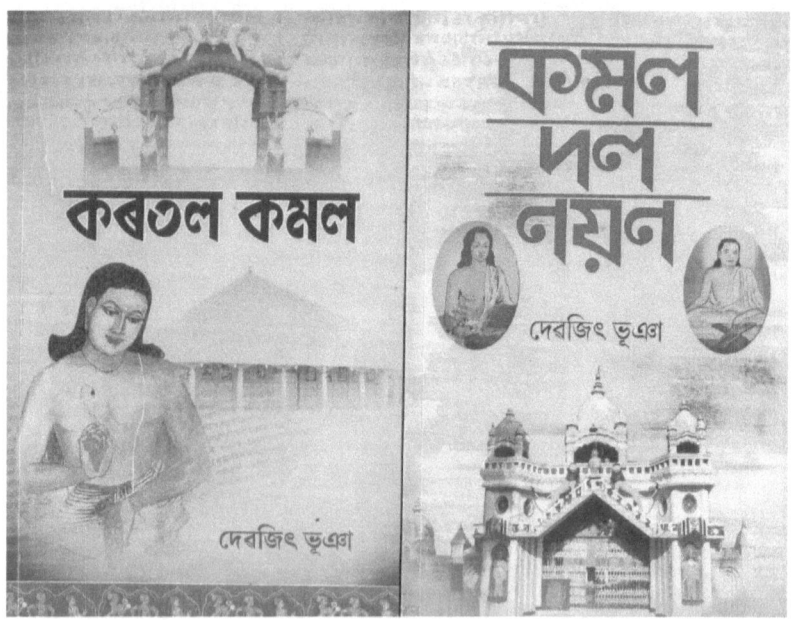

Aklınıza iyi bakın

Vücudumuza her zaman iyi bakarız
Ama nadiren zihinle ilgilen
Zihnin bakımı da aynı derecede önemlidir
Neden dikkat etmeyerek ihmal ediyorsun?
Sağlıklı bir yaşam için adil değil
Sağlıklı vücutta sağlıklı zihin daha iyi yaşam sağlar
Kişi hayatın karmaşık yarışını kolayca kazanabilir
Hasta bir zihinle iyi bir şey elde edilemez
Akla dikkat etmek için yolu bulmak kolaydır
Her zaman gülümseyin ve herkese karşı nazik olun
Dürüstlük ve doğruluk yolunu takip edin
Hakikat ve kardeşlik size huzur verecektir.

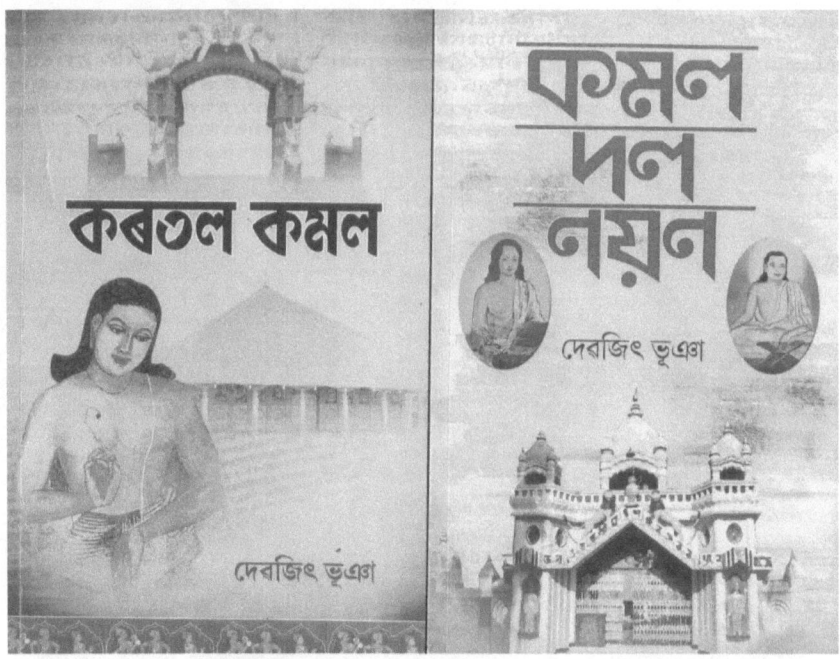

Zaman kaybetmeyin

Zaman durağan değildir
Zaman da dinamik değildir
Geçmiş, şimdi ve gelecek
Zaman alanında hepsi aynıdır
Sanki zaman sürekli akıyormuş gibi hissediyoruz
Denize doğru hareket eden suyun akışı gibi
Algımız, zaman bir ok gibi hareket ediyor
Ama bir kez pruvadan çıktıktan sonra asla geri dönme
Yine de yarının daha iyi olacağını umuyoruz
Bulutlu bir günde zaman asla durmaz
Güneşli bir sabahta da yavaşlamaz
Her yıl her zamanki gibi devam ediyor
Ayrımcılık veya kayırmacılık yok
Fakir, zengin, zayıf veya güçlü için zaman aynıdır
Yani, başarısızlığınız için zaman suçlanacak değil
Hayattaki en değerli, ancak özgür zenginlik zamandır
Özgür olmayı boşa harcamayın, kullanın, hayat güzel olacak.

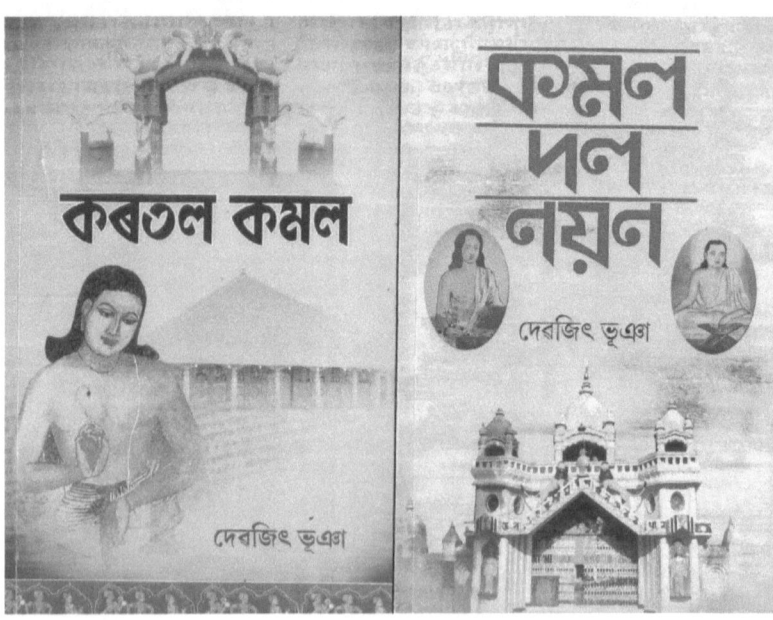

Zihin ağrısı

Zihinsel acı sırasında arkadaşlarınızla ilgilenin
Sevgi ve teselli, zihin gücü, kazanacaklar
Yalnızlık zihni zayıf ve kırılgan yapar
Bazı kararlar yanlış ve düşmanca olabilir
Arkadaşlık ile zihin mutlu ve neşeli hale gelir
İnsanlar geçici sıkıntıların çoğunun üstesinden gelebilirler
Zihinsel acı insanları intihara itebilir
Kötü şeyler yapmak için, zayıf bir zihin her zaman kışkırtır
Zihinsel olarak zayıf olduklarında arkadaşlarınıza eşlik edin
Cesaret verici sözlerle, normalliğe, arkadaş geri dönecek.

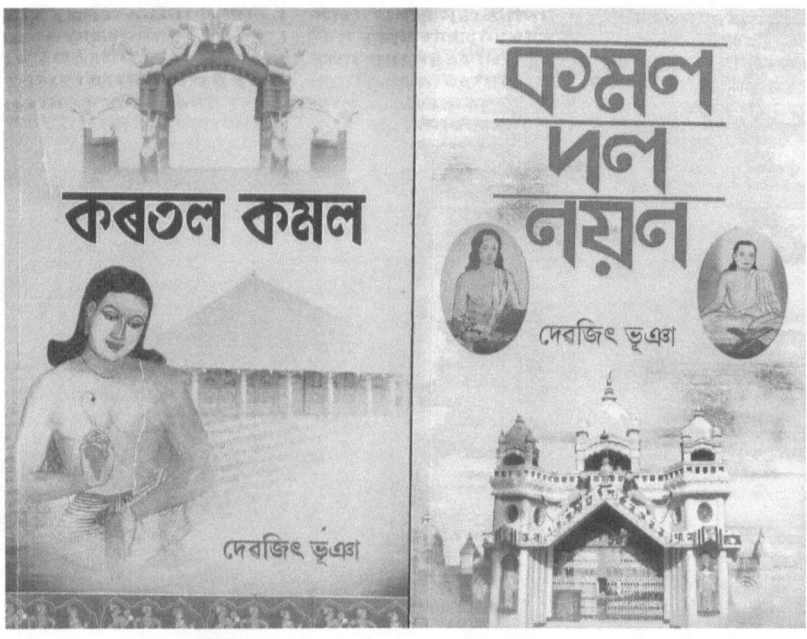

Vücut bakımı

Yürü, yürü ve yürü
Formda kalmak için hızlı koşmaya gerek yok
Yürümek en iyi vücut fitness kitidir
Sabah yürüyüşü uyuşukluğu dışarı itecek
Vücut güçlü ve sağlam olacak
Kan dolaşımı daha iyi olacaktır
Zihin gün boyunca daha neşeli kalacaktır
Yürümenin zaman ve mekan engeli yoktur
Yürüyüş yarışına da kolayca katılabilirsiniz
Yürüyüş parkurunda yeni arkadaşlar iletişime geçecek
Bazı arkadaşlıklar mükemmel olacak ve asla geriye bakmayacak
Yürümek bedene, zihne ve ruha iyi gelir
Sağlıklı beden ve zihin ile hayatın amacına ulaşabilirsiniz.

Çocuk yürüyüşü

Düşüyor ve ayağa kalkıyor
Ama yürüyene kadar asla pes etmedi
Bir gün eğlenerek koşmaya başlar
Uzun yaşam yolculuğu başlıyor
Bir veya iki kez düştükten sonra ayağa kalkmazsan
Hayatta asla, yarışa katılamayacaksın
Düşmeden kimse ayağa kalkmayı ve hareket etmeyi öğrenemez
Çocukluğun bu küçük öğrenimi hayatımızı güzelleştirir.

Madan'ın mizahı

Madan fıkralarını anlat
Akon gülmeye başlayacak
Saçma sapan mizah söyleme
Şakalarında gülümseme düşmeli
Küçük yağmur damlaları hafifçe vurmalıdır
Ama asla kavga çıkarmak için söylenti yapmayın
Şakalar aile ilişkisini yok etmemeli
Şakalar gülümsemek ve gülmek içindir
Ağlamak ve durumu zorlaştırmak için değil.

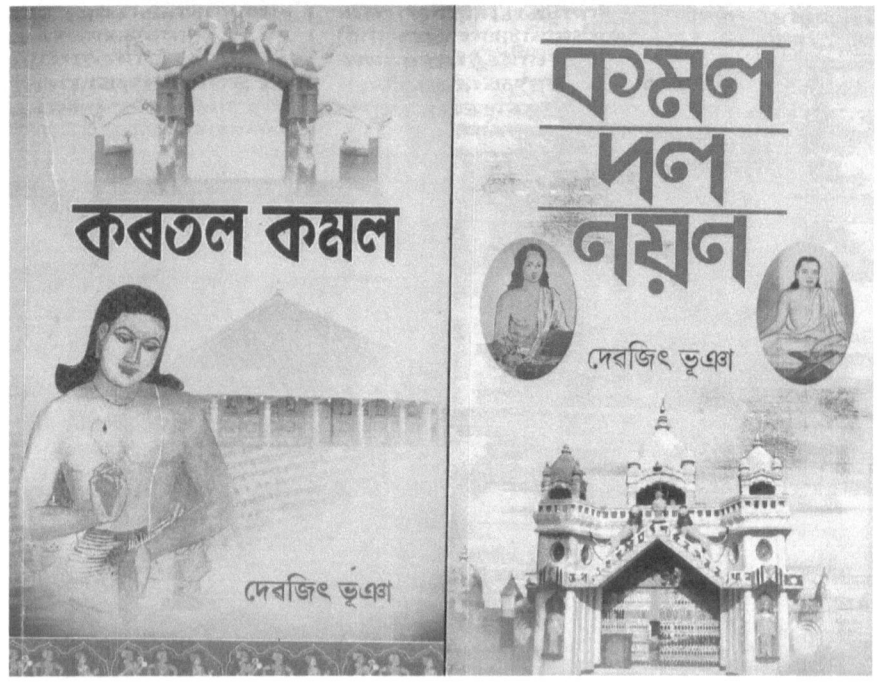

Coco harika boksör

Coco, sen bizim sevgili evcil hayvanımızsın
Mutfak senin sevdiğin yer
Yemek gecikirse, havlamaya başlarsınız
Karnınız doyduğunda koşmaktan zevk alırsınız
Kötü insanları pek sevmiyorsun
Sizin için ev, Tanrı'nın tapınağıdır
Sevdiklerinizle asla sahtekarlık yapmazsınız
Varlığınız herkesi mutlu ediyor ve köpürüyor
Aileden gelen öfke ve kasvetli yüz kaybolmaya başlar
Köpek, insanın en iyi arkadaşıdır, kimse inkar edemez
Yokluğunuzun yarattığı boşluğu hiçbir şey dolduramaz.

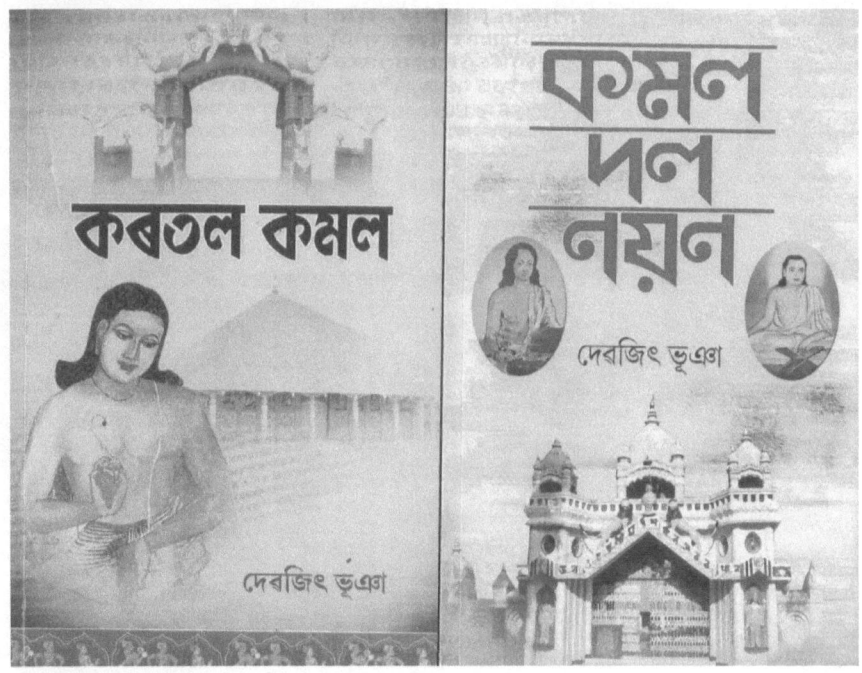

Rüzgar

Assam'da Şubat ayı boyunca rüzgar hızlanır
Her ev ve sokaklar toz ve kuru yapraklarla dolar
Kış geçti ve hava kurudu
Zambak kuşları, rüzgarla birlikte düşen yapraklar uçardı
Rüzgar hızını artırdığında, büyük ağaçlar bile devrilir
Kuru yaprakları ile Assam tarlası kahverengi görünüyor.

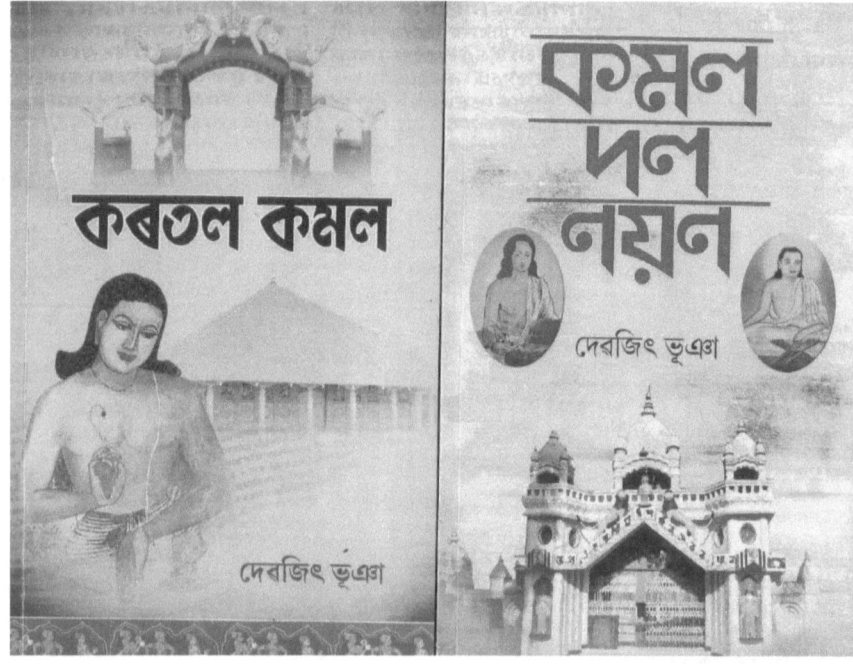

Doğal otlar

Otlar insan vücudunun bağışıklığını artırabilir
Hastalıklarla mücadeleye ve sağlıklı yaşama iyi gelirler
Ama asla tüm hastalıkları tedavi edebileceklerine inanmayın
Otlar virüsler ve bakteriler için panzehir değildir
Sadece antibiyotikler zatürreyi tedavi edebilir
Yine de şifalı otlar yemek virüslerle savaşmaya yardımcı olabilir
Otları sadece sağlık için ek olarak alın
Hastalıklarla savaşmak, çünkü iyi bir sağlığa sahip olmak zenginliktir.

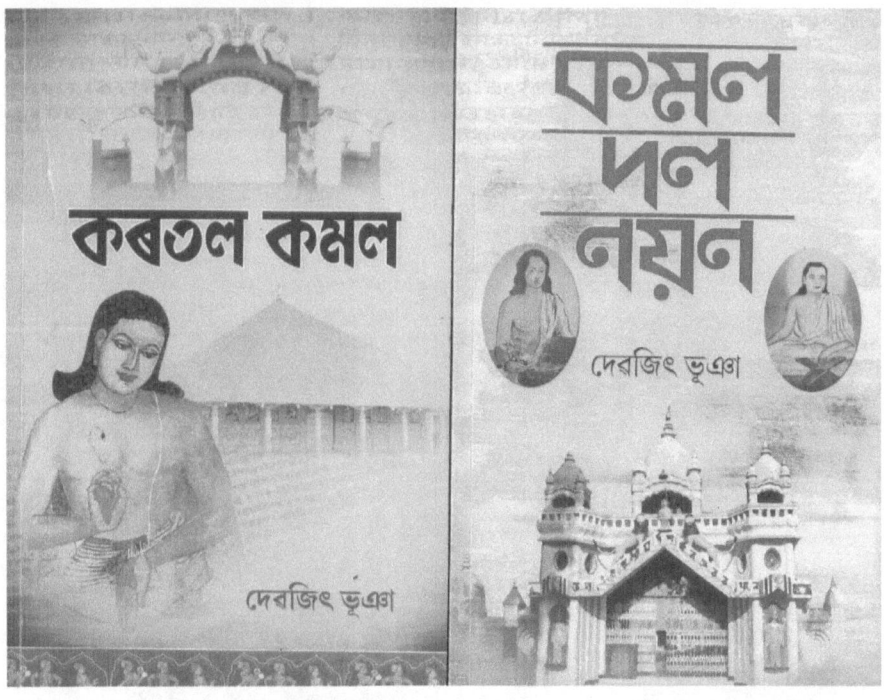

Zihin korkusu

Hey dostum, hiçbir şeyden korkma
Korku tehlikeli, zarar verici bir şeydir
Zihin korkusu beden tarafından ifade edilir
Ve yarış başlamadan önce yenilirsiniz
Korku içinde hayaletler ve görünmez yaratıklar görüyorsunuz
Ve savaş alanından savaşmadan kaçarsın
Bu korkaklık, etik dışı ve doğru değil
Korku ile insan başarılı olamaz
Korkunun üstesinden geldiğinizde, fırsatlar bol miktarda bulunur
Cesursan bütün dünya seninle olacak
Kazanan, mezara gittikten sonra bile hatırlanır.

Ağaç korkusu

Ormandaki ağaçlar testere sesinden korkuyor
Motorlu testereler ormandan ormana çok hızlı bir şekilde zarar verdi
Bir zamanlar insanın bir ağacı kesmek için çok fazla emeğe ihtiyacı vardı
Ama şimdi mekanize testerelerle, gövde sorunsuz
Sonuç felakettir ve yağmur ormanları yok edilir
Küresel ısınma iklimi değişime zorladı
Buzullar eriyor ve seller tahribat yaratıyor
Bir zamanlar, el testeresi insanın ve medeniyetin dostuydu
Biyoçeşitliliği ve ekolojiyi, motorlu testere yok ediyor.

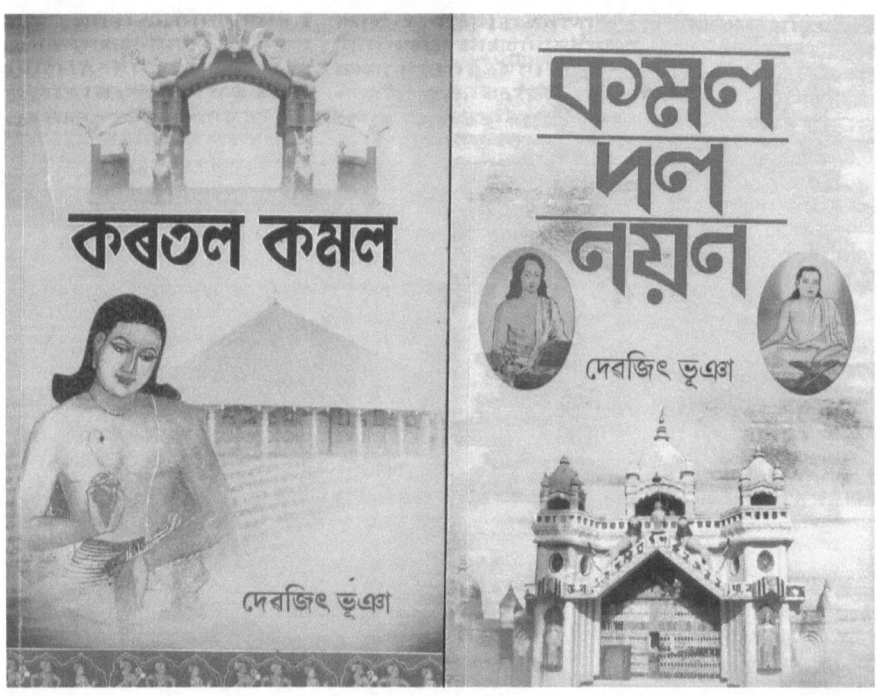

Parti değiştirme siyaseti (Hindistan'da)

Seçim zamanı, siyasi bağlantıyı değiştirmek için en iyi zamandır
Ancak parti değişikliği halkın sorununun çözümü için değildir
İktidar hırsıyla liderler ve takipçiler parti değiştirir
Para, alkol, zenginlik ve kadın büyük motivasyon kaynağıdır
Liderler neden seçmenleri aldatıyor, kimse izlemeyi sevmiyor
Politikacılar için insanlara hizmet etmek her zaman ikincildir
Para kutularını mümkün olduğunca doldurmak önceliklidir
Liderler için güç, otorite ve para daha önemlidir
Bu kolayca yapılır, çünkü seçmenlerin çoğu cahildir
Seçim zamanı, hava tahmini ve taraf değişikliği için en iyisidir.

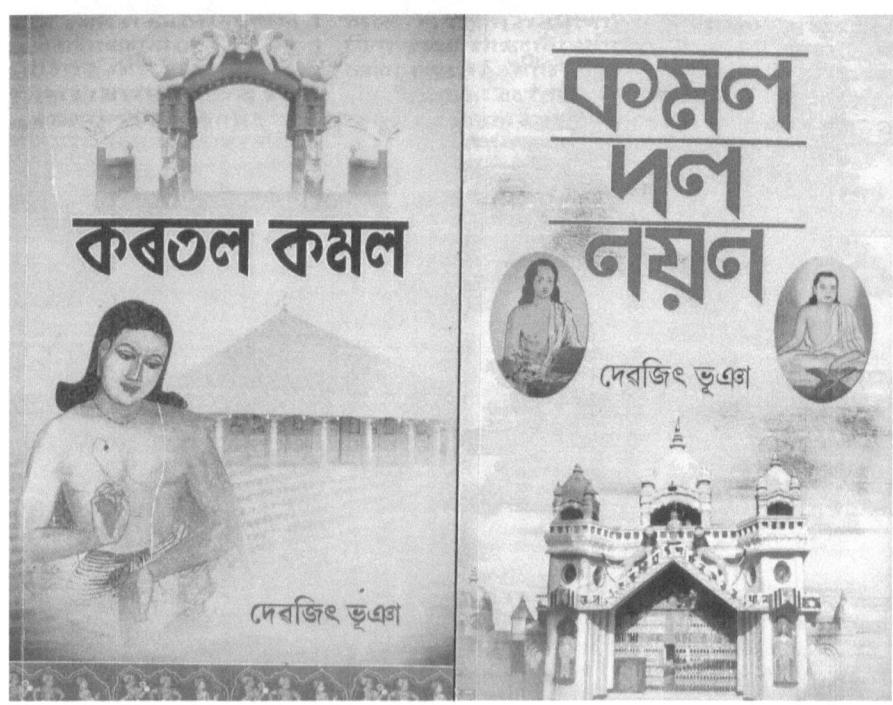

Yeni renkler

Birden fazla renge sahip çiçekler açar
Assam'a bahar geldi
Bihu'nun mevsimi, dans festivali
Davul sesi (dhool-pepa) gece yarısı sessizliğini bozar
Peepal ağacının altında muhabbet kuşları sevinçle buluşuyor
Nefret yok, kavga yok, renk, kast, inanç veya din ayrımı yok
Herkes herhangi bir sosyal bölünme olmadan şenlik havasında
Yeni kıyafetler giyen çocuklar ve gençler oyun oynar ve zıplar
Büyük anneler de dansta aktif olarak yer alırlar
Kaziranga'da bile, Gergedan buzağısı burada ve orada davul çalarak koşar.

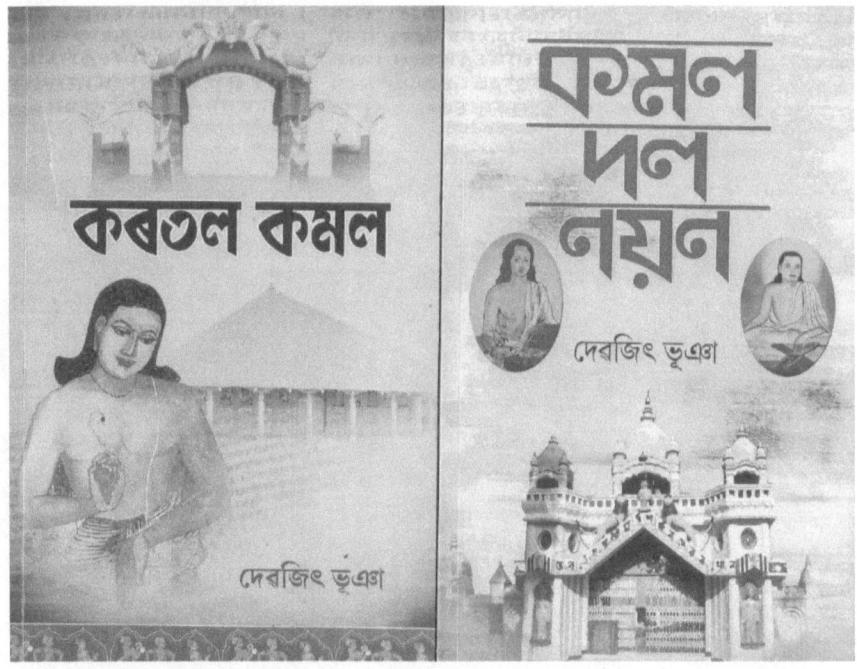

Bir sonraki yaşamda buluşma

Ölümden sonra başka bir dünyada yaşamın var olup olmadığını kimse bilmiyor
Ölümsüz ruhun varlığı gerçek değil, bir efsane olabilir
Öyleyse neden birini sevmek için bir sonraki hayatı bekleyeyim, seni seviyorum diyelim
Sevin ve bu hayatın kendisinde sevginin güzelliğinin tadını çıkarın
Bir sonraki hayali yaşam için hiçbir şeyi beklemeyin
Diğer tarafta hayat varsa sevinciniz ve sevginiz ikiye katlanacaktır
Elbette, paralel dünya ile yaşamın tanımı geniş olacaktır
Yine de, bugün hayatın sevgi ve güzelliğinin gökkuşağının tadını çıkarın
Yarın, gelecek yıl, bir sonraki hayat gelebilir ya da gelmeyebilir, kim bilir?

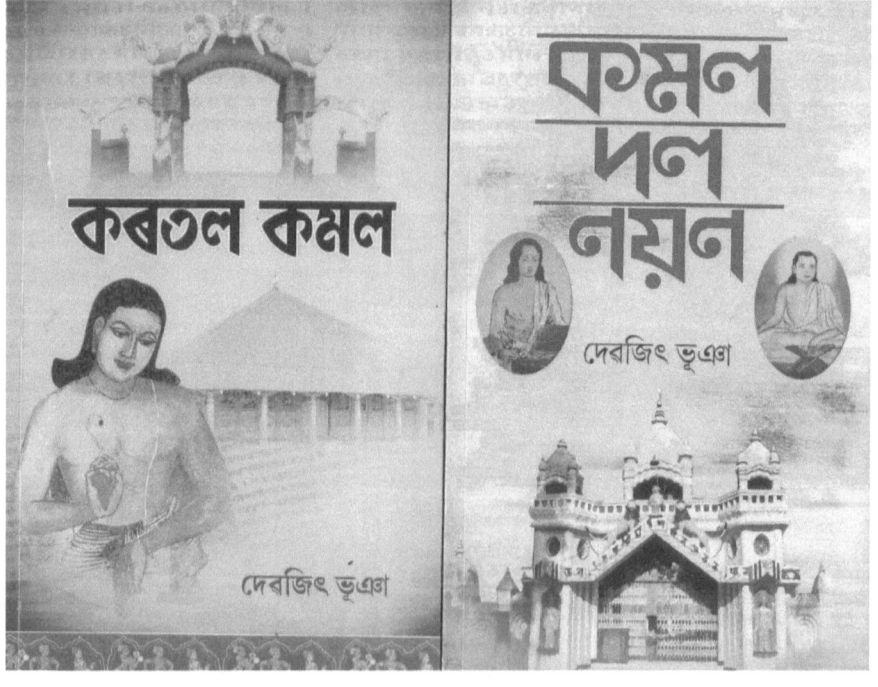

Zorba -lık

Asla arkadaşınıza veya herhangi birine zorbalık yapmayın
Düşmanlık ve kavga getirecek
Aşk ve ilişki sonsuza dek yok olacak
İnsanlar kabadayı doğası için senden kaçınacak
İlerleme ve huzur zorbalıkla yok olacak
Zorbalıktan ziyade, hoşgörü ve ağlama daha iyidir
Tanrı gözyaşlarınızı silmesi için birini gönderecek.

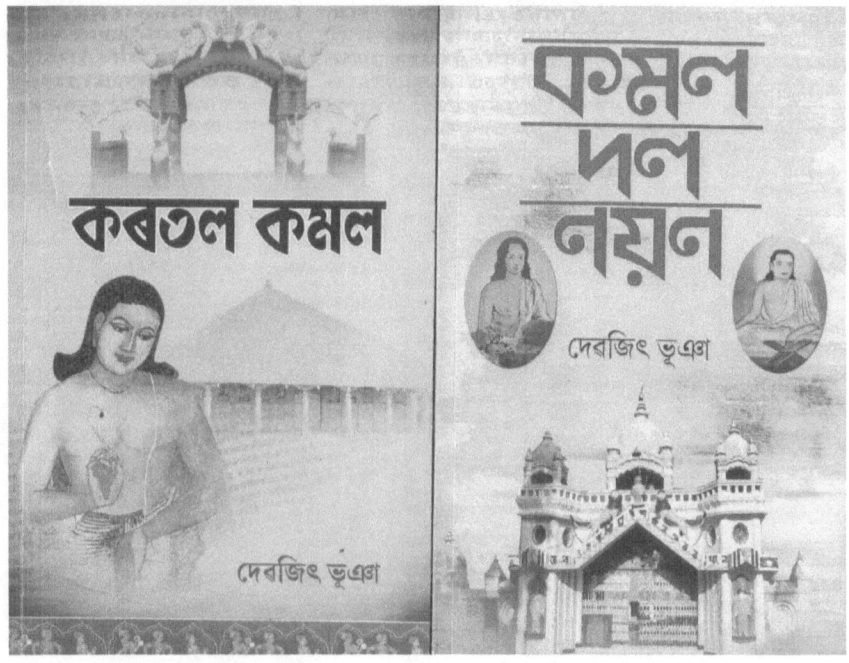

Papaz

Artık rahipler bile dürüst ve etik değil
Asla doğruluk ve dürüstlük yolunu takip etmezler
Rahipler din adına insanları kandırıyor
Din reformları ve iyi insanların ülkeye girişi çözümdür
Rahipler insanları böler ve birbirleriyle kavga etmeye teşvik eder
Sen onlara kurtarıcı ve vaftiz babası olarak güveniyorsun
Aracılar gerçek dini öğretileri yok ediyor
Çünkü kazançlarını artırmalarına yardımcı olur
Rahipler dini kamufle ediyor ve kirletiyor
Şarap, zenginlik ve kadınla partiyi kutluyorlar
İsa'nın öğretileri hala geçerli ve basittir
Dinlerde aracılar sadece sorun yaratıyor.

Güneş doğsun

Her seferinde binlerce insan önde yürüyor
Yürüyüş sesi bir kafiye gibi geliyor
Liderler kendi çıkarları için yeni siyasi parti kurdular
İktidar, sahte vaatlerle oy pusulası yoluyla ele geçirilir
Ancak kitlelerin sorunları aynı kaldı
Kitlesel ajitasyon ve seferberlik her zaman politik bir oyundur
Liderler şöhret kazanırlarsa hükümdar olacaklarını iyi bilirler
Liderler gelir ve liderler gider ve insanlar onların arkasında durur
Güç, döngüde bir gruptan diğerine geçer
Yine de fakir insanlar fakir kaldılar, her zaman sıkıntı içindeydiler.

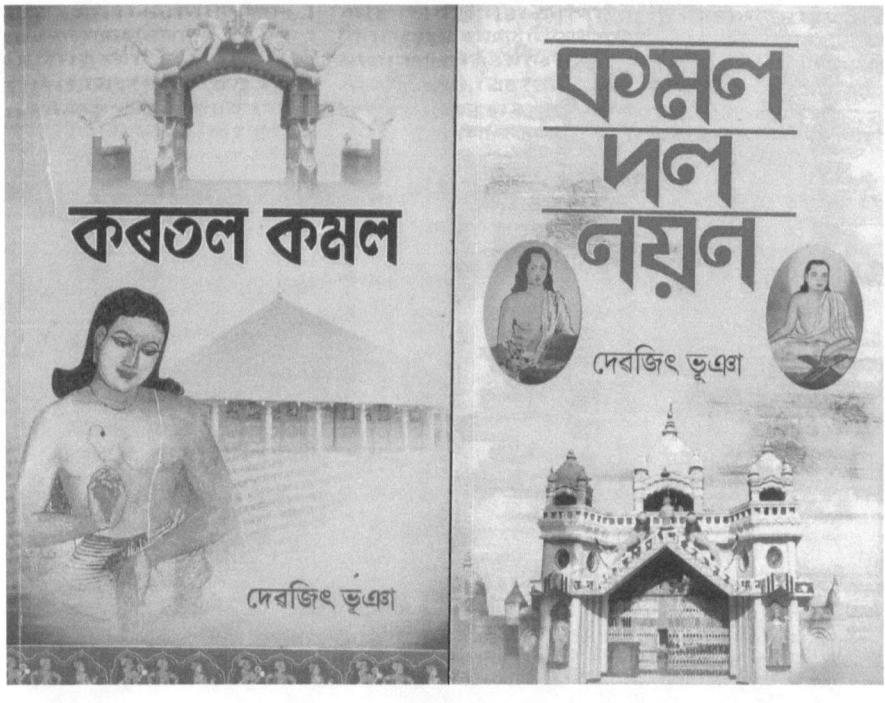

Bharata, acele et

Acele et, acele et
Yolda kayma
Ağacın altına düşme
Orada bir sürü arı uçuyor
Büyük ağaçlar ağaçlar için yuvadır
Şehirlerde onları bulamazsınız
İnsanlar ev inşa etmek için tüm ağaçları kestiler
Şehirler beton, kirlilik ve araba ormanıdır
Kirlilikten arılar her zaman uzak durur
Medeniyetin şehirlerden başka alternatifi yoktur
Yani, oraya yerleşmek için herkesin acelesi var.

Hepsini seviyorum

Hepsini sev, hepsini sev, hepsini sev
Para hırsıyla kimseden nefret etmeyin
Bu dünyada aşk gerçek baldır
Sevgiyi elde ettiğinde, hayat başarılıdır
Dünya cennet gibi olacak
Para ve zenginlik zamanla çürüyebilir
Ölene kadar buth, koşulsuz sevgi akacak
Bir yapraktaki su damlası gibi, parlayacaksın
Kalkış anında, para ağlamaz
Seni seven biri gözyaşlarıyla veda edecek.

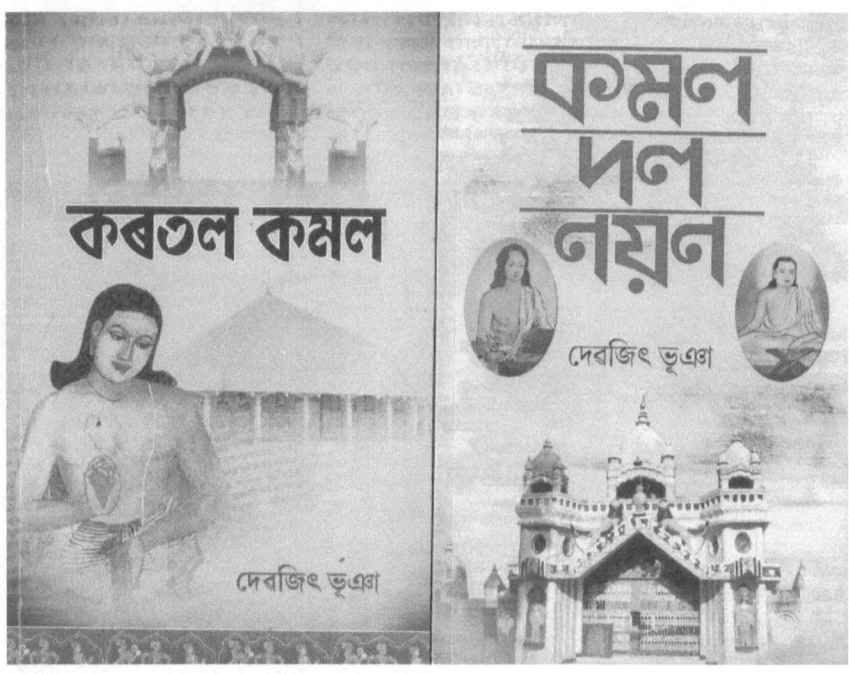

Tom, çalışmaya başlıyorsun

Tom, çalışmaya başla ve işine bak
Kimse sana sonsuza kadar bedava yemek vermeyecek
Testere ve hummer'ı elinize alın
Bu dünyada fırsat kıtlığı yok
Diğer eyaletlerden insanlar Assam'da çok para kazanıyor
Ama sen benim ülkemde fırsat yok diyorsun
Elinizde bilgisayar, kalem ve kitaplarla konuşun ya da sadece ağaç dikin
Bir gün o ağaçlar size meyve verecek, hayat gerginlikten kurtulacak.

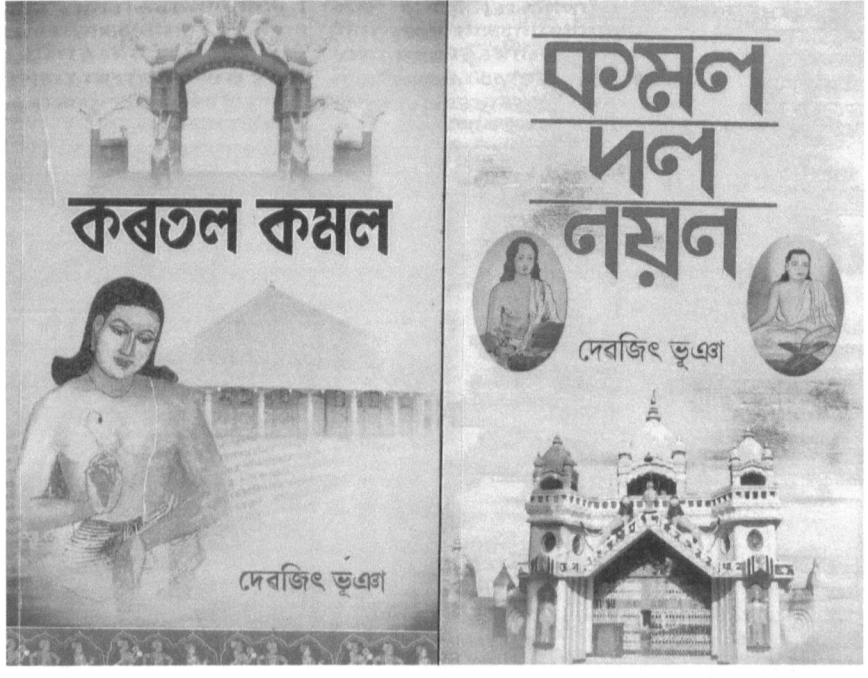

Ölüm anında

Son ayrılışınız sırasında
Para senin arkadaşın olmayacak
Güzel eviniz size eşlik etmeyecek
Topladığın sevgili mallar dağınık kalacak
Ölümden sonra bu hayattan hiçbir şey öbür tarafta olmayacak
Etten ve kemikten oluşan ölü beden mezarın altında olacak
Hayattayken kötü günlerinde hiç kimseye yardım etmediysen
Mezarında, ölümünden sonra kimse çiçek sunmayacak
Hayattayken yardımsever, cömert olun ve başkalarına yardım edin
İnsanları acıları ve sıkıntıları sırasında sevin
Ölümden sonra bile anılarınız ilerleyecektir.

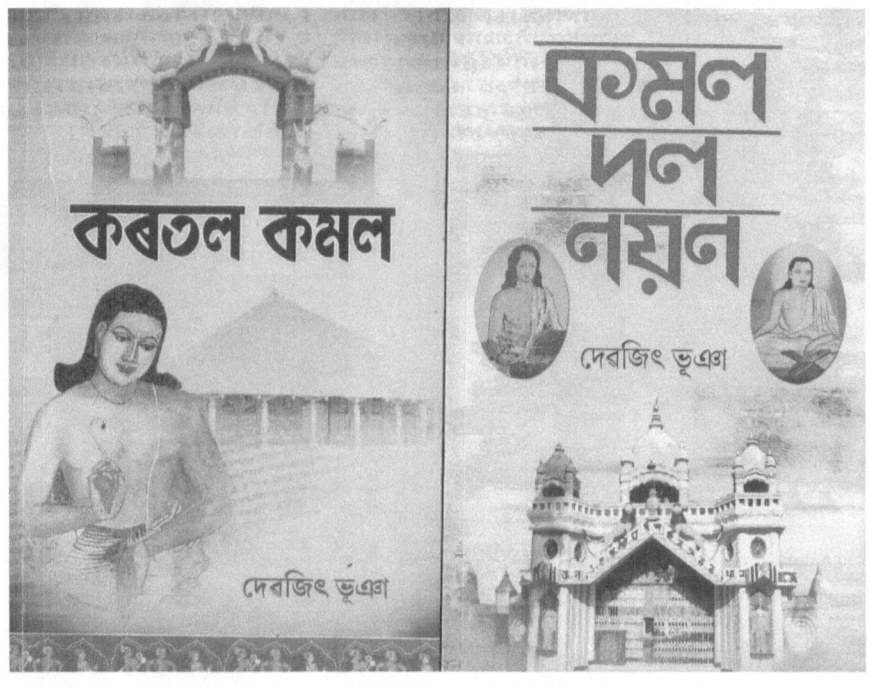

Ev serçesi

Evinizin yakınında yaşayan küçük kuşu sevin
Uzun zamandan beri insanın arkadaşı
Homo sapiens'in ilerleme tarihinin bir parçası
On bin yıllık yolculukta insanı hiç terk etmedi
Oysa şimdi şehirlerde ve köylerde tehlike altındalar
Beton orman yaşam alanlarını yok etti
Bu küçük kuşu sev ve neslinin tükenmesine yardım et
Aksi takdirde, insanlık uçan arkadaşlarından birini kaybedecek.

Para parıltıları

Milyonlarca insan açlık çekiyor
Ancak gıda israfı devam ediyor
Zenginler para gücüyle daha çok israf ediyor
Lüksleri ve hobileri için daha fazla karbon yayarlar
Aç yoksullar sıfır karbonlu çözüme nasıl katkıda bulunacak?
Büyük, gelişmiş bir şehir, fakir bir ülkeden daha fazla karbon salıyor
Karbon emisyonu için adil ödenek tek çözüm
Yakında iklim değişikliği ve küresel ısınma öldürecek
Zenginlerin en zenginleri bile kurban olacak ve düşecek.

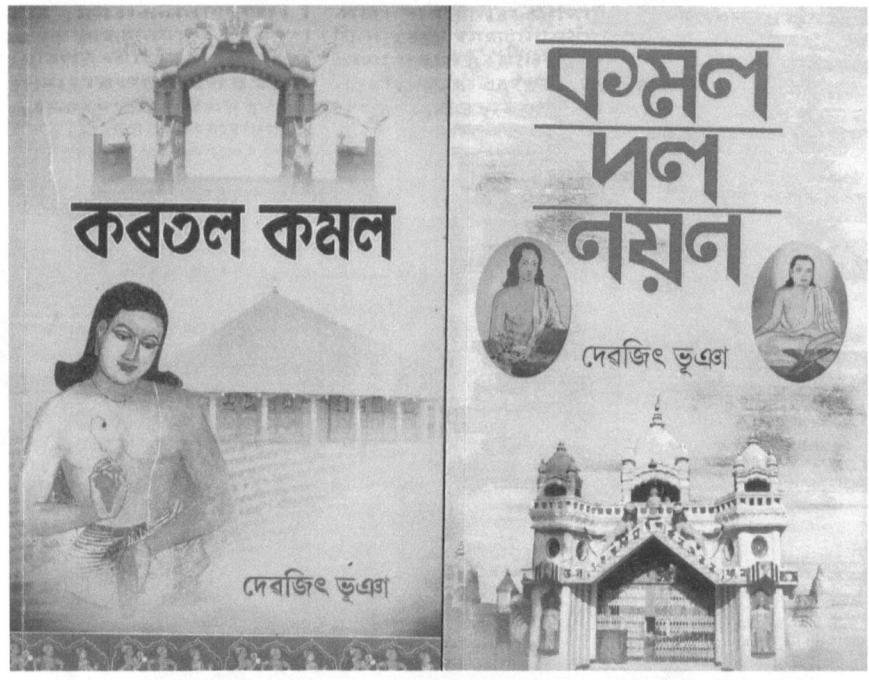

Çalışmaya hazır olun

Tanrı'ya içtenlikle dua etseniz bile
Ne Tanrı ne de herhangi biri işinizi yapmaya gelmeyecek
Duanın tek başına yeterli olduğunu yanlış anladığınızdan vazgeçin
İşinizi kendiniz yapmaya hazır olun, verimli olun
Gerekirse kendi yolunuzu ve köprünüzü inşa edin, birini beklemeyin
Nehirde ve okyanusta yüzün ve Tanrı'nın tekne göndermesini beklemeyin
Yapmaya başladığınızda, insanlar katılacak ve yardım elleri takip edecek
Takım gelişecek ve lider olacaksınız
Ama iş olmadan kimse sana ne bir şapka ne de bir tüy vermeyecek.

Başarılı yaşam

Hayat sadece para gücüyle başarılı olmayacak
Hayat sadece dua ile başarılı olmayacak
Çok çalışmak bile tek başına başarı sağlayamaz
Hayat sadece ilişkilerle başarılı olmayacak
Ne de hayat senin yazdıklarınla başarılı olmayacak
Daha fazla çocuğa sahip olmakla hayat başarılı olmayacaktır
Hayat, sevgi yolunda sebat ederek başarılı olacaktır
Ve insanlığa ve insanlığa cömert çalışma.

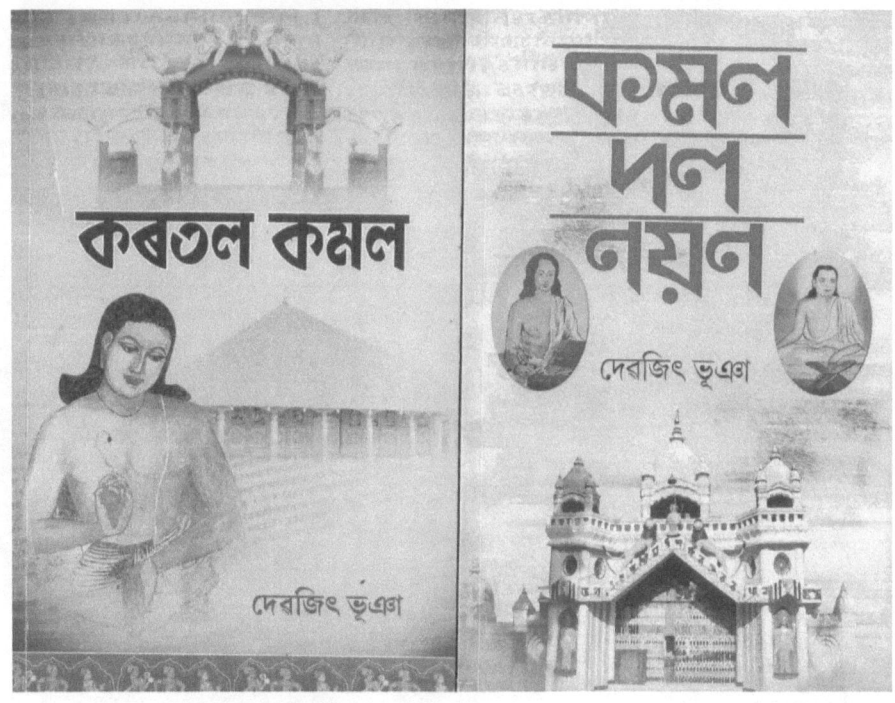

Altın Assam

Assam ışıltılı parlak altın gibidir
Doğanın güzelliği her gün ortaya çıkıyor
Yine de Assam geri kalmış ve az gelişmiş
Yaz aylarında Assam sular altında kalır
Yüzlerce yıl boyunca insanlar bunun hakkında tartıştı
Ancak sel sorunu henüz çözülmedi
Yozlaşmış insanlar kamu parasını hortumladı
Yine de yorucu sıradan erkeklerin yolculuğu kaldı
Ey genç nesil birlik ol ve ilerle
Yozlaşmış politikacıları cezalandırın ve Assam'a bir ödül verin.

Mum

Mum mezara parlak ışık verir
Yanarken ölülerin anılarını verir
İnsanlar yılda bir kez hastalanmayı hatırladılar
Mum ışığıyla Yüce Allah'a dua edin
Mezar sadece cesetlerin atıldığı bir yer değildir
Her dostun, düşmanın veya düşmanın son varış noktasıdır
Mum ışığı hayattayken herkesi aydınlatmalı
Bir mum yakarken, son varış noktası her zaman hatırlayın.

Awadh Krallığı

Bir zamanlar Hindistan'da görkemli bir krallık
Tüm kralların efendisi Rama, hukukun üstünlüğünü kurdu
Suç yok, korku yok, muhalif sesler bastırılmıyor
Sita ve Lakshmana bile sürgün edildi
Awadh'daki yaşam saf ve basitti
Ancak gelişen krallık değişime dayanamadı
Şimdi sadece tarih ve çürümüş anıtlar kaldı
Yeni Rama Tapınağı ile kaybolan ihtişamı yeniden canlanıyor.

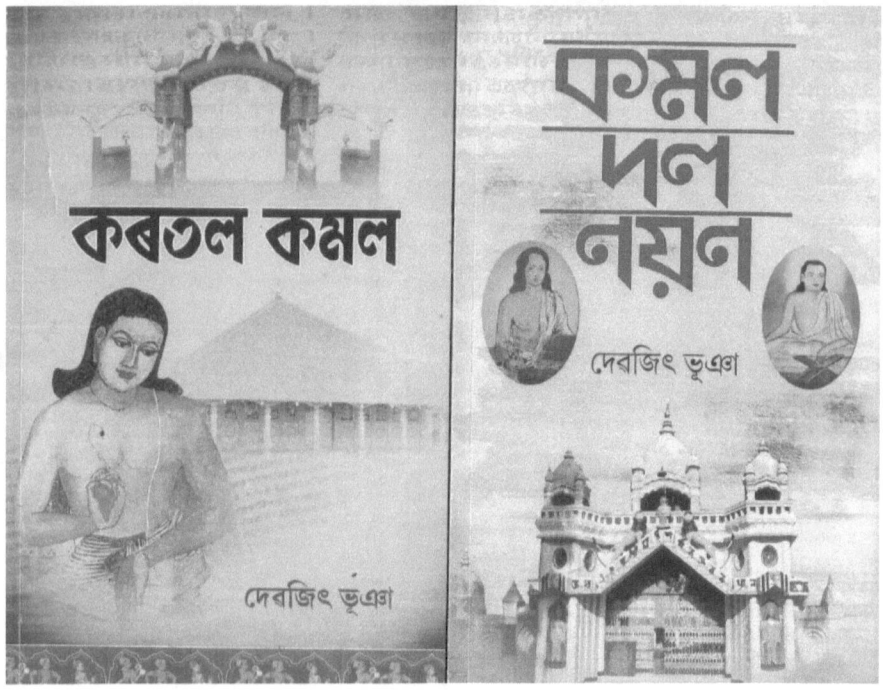

Kadife

Kadifenin dokunuşu çok nazik ve çok yumuşak
Sanki pamuğun doğadan yumuşak bir bütünleşmesi gibi
Farklı renklerle muhteşem ve çarpıcı görünün
Kadife giysiler bir zamanlar kıyafetlerin kraliçesi olarak kabul edilirdi
Kadifenin ihtişamı solmuş olsa da hala var
Kadifenin çekiciliği şimdi bile, insanlar karşı koyamıyor.

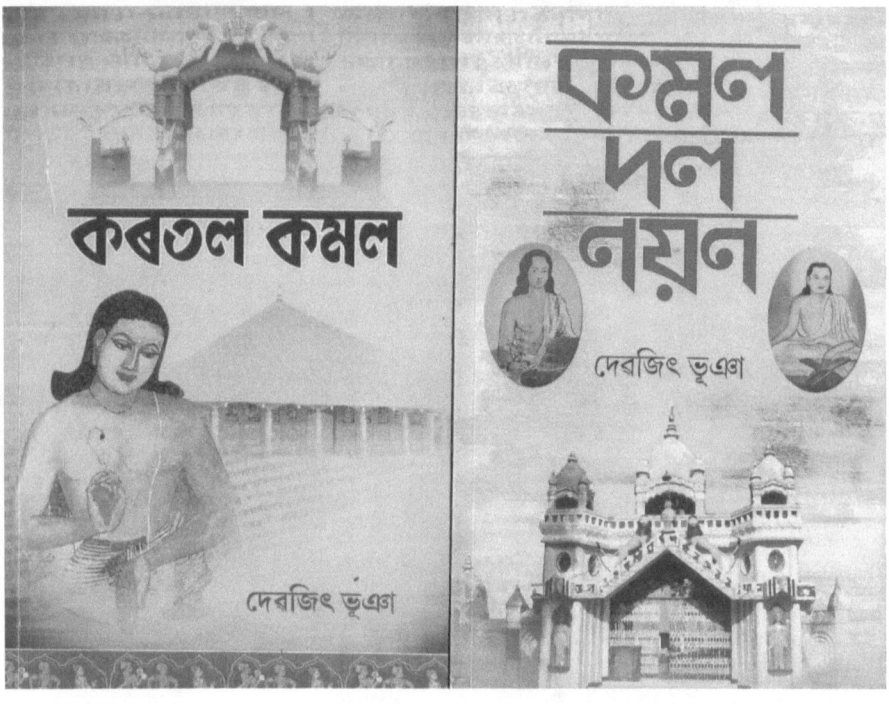

Ay

Ay yörünge yolunda sık sık belirir ve kaybolur
Ay şafakta kaybolduğunda, kuşlar şarkı söylemeye başlar
İnsanlar Ay'ın devrimine bakarak dini oruç tutuyorlar
Bir zamanlar bir Tanrı olarak kabul edilen insan, yüzeyini çok eskilere indirdi
Artık insanlar teknoloji aracılığıyla Ay'ı kolonileştirme yarışında
Ay, bir uydu olarak doğduğundan beri dünya gezegenini etkilemişti
Yüksek gelgit, düşük gelgit, Ay'ın yerçekiminin etkisidir
Yakında, insan kolonisi Ay'da ve ulusların çatışmasında olacak
Ay'da yaşamın var olduğu efsanesi farklı bir şekilde gerçekleşiyor
Ancak Ay'ın şu anda var olduğu doğal yolu yok etmek tehlikeli olabilir
Ay olmadan, dünya gezegenimizin iklimi yaşam için uygun olmayacaktır.

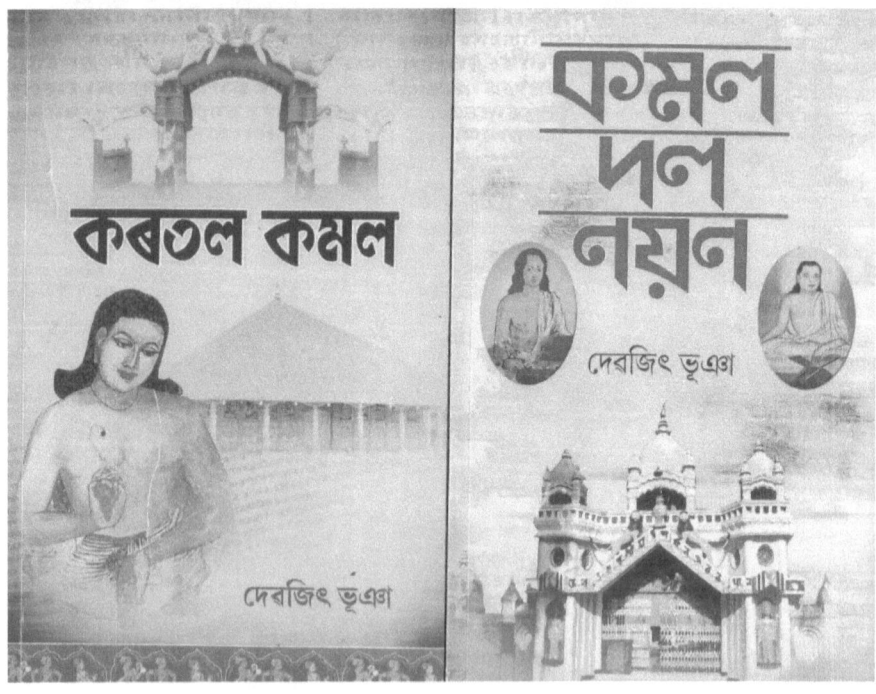

Tavşan

Masum tavşana karşı nazik ol
Yeterince güçlü değiller
Bütün hayvanlar onları öldürmek istiyor
Ama beyaz kürkle ormanın güzelliği
Burada ve orada eğlence ve neşe ile dolaşın
Herhangi bir nedenle kimseye zarar vermeyin
Ama lezzetli etleri düşman getirir
İnsanlar da onları eğlence ve kürk için öldürürler
Bazen hapishanede yaşamak zorunda kalıyorlar
İnsanın empoze ettiği akıldan hoşlanmazlar
İnsan doğal yaşam alanlarını yok etti
Şimdi onları kurtarmak küçük bir iltifat olacak.

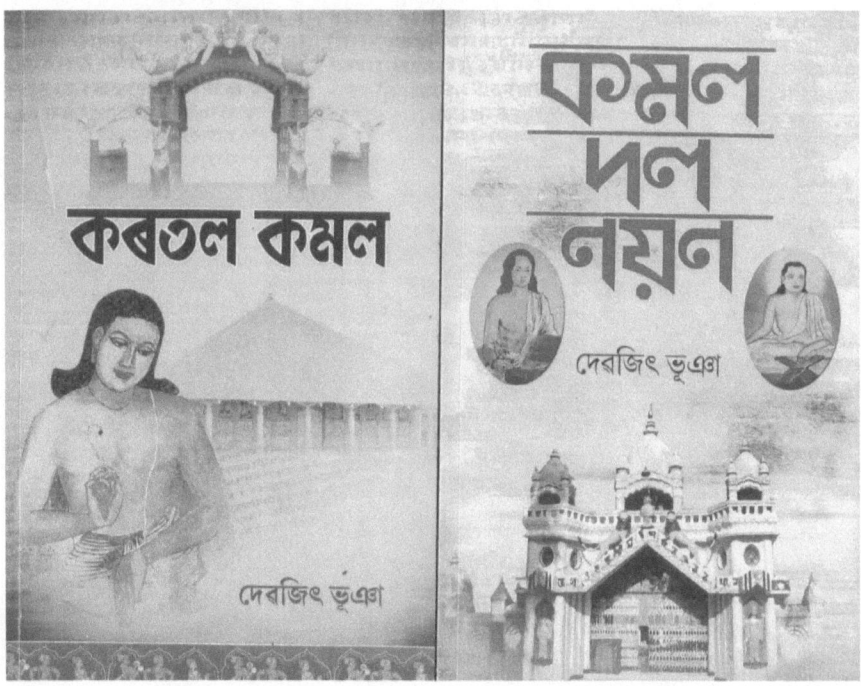

Kavga

Ey küçük çocuk, kavga etme, bu senin oyununu bozar
Öfke patlayacak ve haftalarca oyun oynayamayacak
Öfke, neşeli oyun tarzında çok kötüdür
Öfkeni ve kavganı bir şişeye koy
Sankardeva topraklarında kavganın yeri yoktur
Birbirinizi sevin ve arkadaşlarınızla neşeyle oynayın
Yaşlandıkça, bu günler kavgayı durdurmaya yardımcı olacak
Toplum rasyonel ve şiddetten uzak olacaktır.

Gergedan, hayatta kalmak için savaşıyor

Gergedan, kaçak avcıdan korkma
Anla, boynuzla ne kadar güçlü olduğunu
Hayatta kalmak için insanla savaşın
Yanınıza geyik, fil alın
Ayrıca Kral Kobra ile arkadaş olun
Hep birlikte Kaziranga'nın kurtarıcısı olun
Kaziranga, çok eski zamanlardan beri sizin toprağınızdır
Kartal ve yabani bufalo da ekibinizde olacak
Her zaman yalnız uyuyan piton gibi olmayın
Kazinga'daki hayvanların liderisin, savaş.
Bir gün insana sağduyu hakim olacak
Tüm hayvanlarla hayatta kalma yarışını kazanacaksınız.

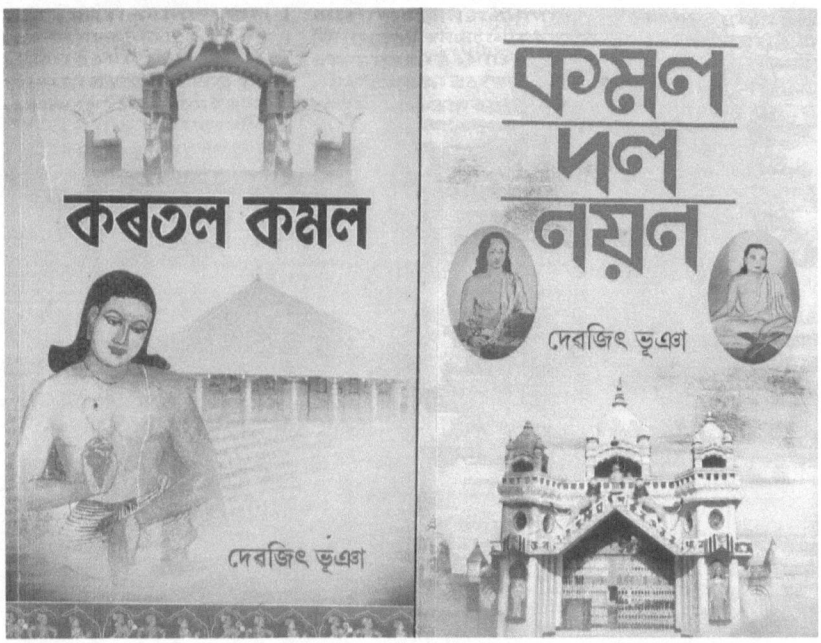

Nehir dalgası

Bazen nehrin dalgalanması dalgaya dönüşür
Su, sel olarak ovalara hızla akar
Zig zag nehrin rotası olur
Yollar, evler, ekinler, her şey sular altında kalır
Çamur ve kum katmanları evleri yok eder
Yine de yeşil otlar selden sonra tekrar büyür
Sanki otlak gençleşmek için seli davet ediyormuş gibi.

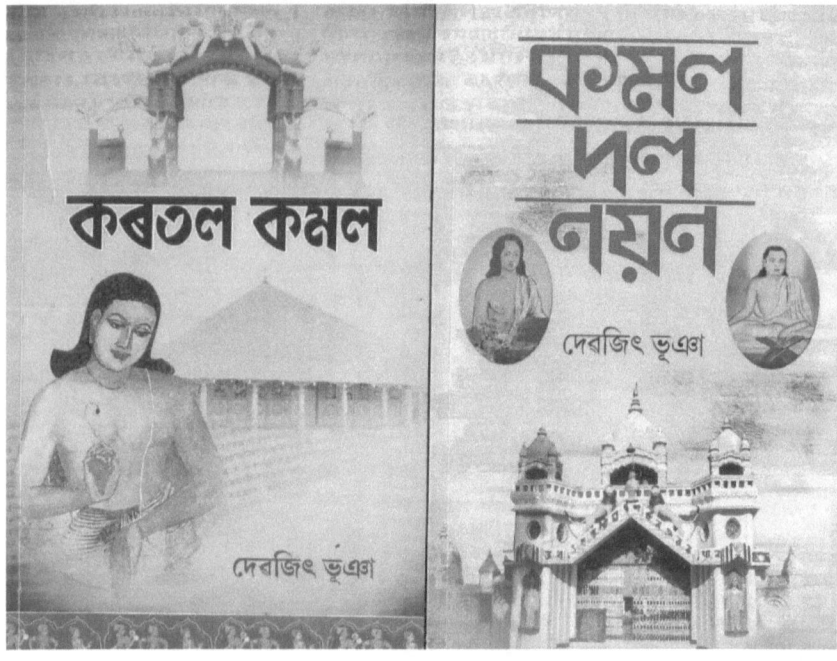

Sivrisinek

Kapalı su kütlesinde doğdu
Küçük bal arısı gibi geliyor
İnsan kanı için her zaman açgözlü
Hayat birkaç gün ve kısa olsa da
Yaz aylarında, yabani ot gibi ürer
İnsana ateş ve diğer hastalıkları getirir
Assam'ın Guwahati şehri, Sivrisinekler için Mekke'dir.

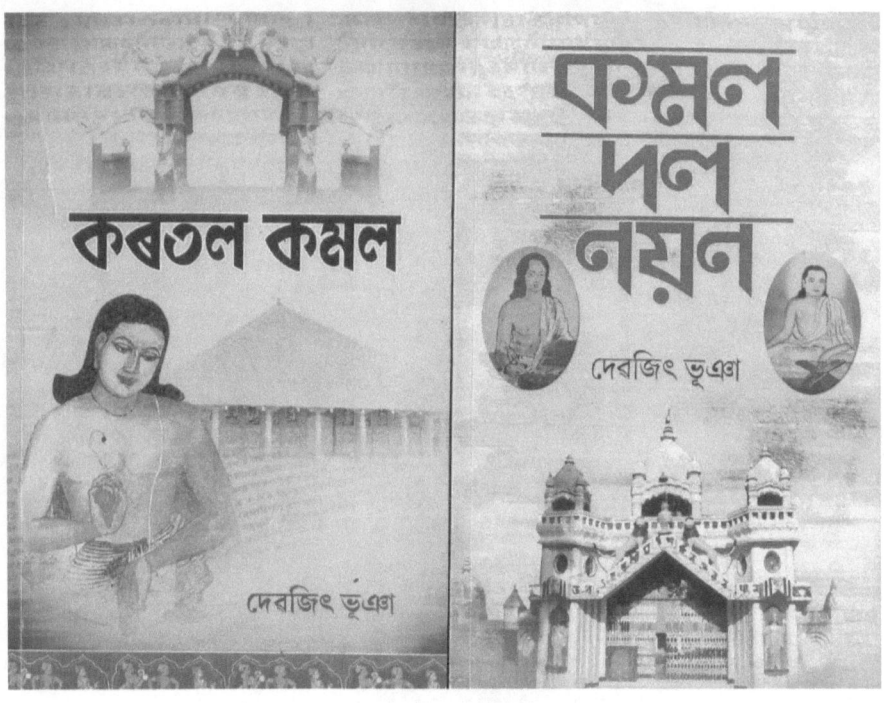

Astrolog

Astrologlar Tanrı'yı temsil etmezler
Çoğu zaman tahminleri yanlış gider
Astrologların sözde hesapları sahtekarlıktır
İnsanları kandırırlar ve kendi çıkarları için para kazanırlar
Yine de sıradan insanlar, kör inancın yaşlandığına inanıyor
Daha fazla parayla, tatlı sözler ve daha iyi tahminler konuşurlar
Ancak para olmadan çok fazla kısıtlama getirecekler.

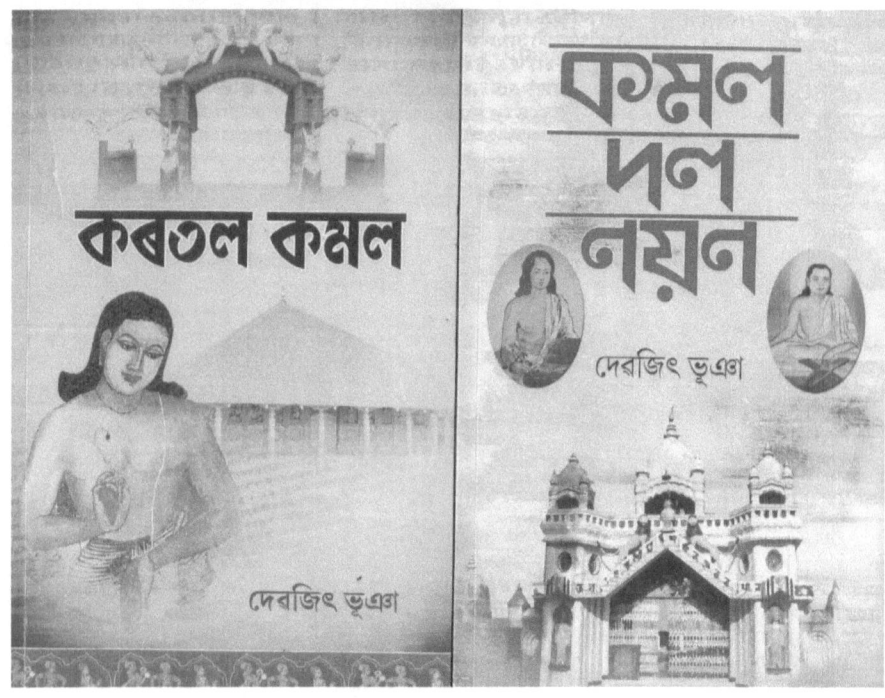

Altmış yaş

Altmış yaşında, yirmi yaşındayken olduğu gibi koşamazsın
Vücut zayıflar, kırılgan hale gelir ve kemikler kırılgan hale gelir
Kemikteki çatlak veya hasar asla çabuk iyileşmez
Zihniniz bir genç veya genç kadar genç olsa da
Ancak biraz çalıştıktan sonra vücudunuz dinlenmeye istekli olacaktır
Üniversite günlerinde koştuğunuz kadar hızlı koşamayacağınızı kabul edin
Ekstra prim için bile sigorta şirketleri isteksiz
Altmış artı yaşında sağlığınıza ve kalbinize dikkat edin
Egzersiz yapmazsanız ve çok hızlı yürürseniz paslanırsınız.

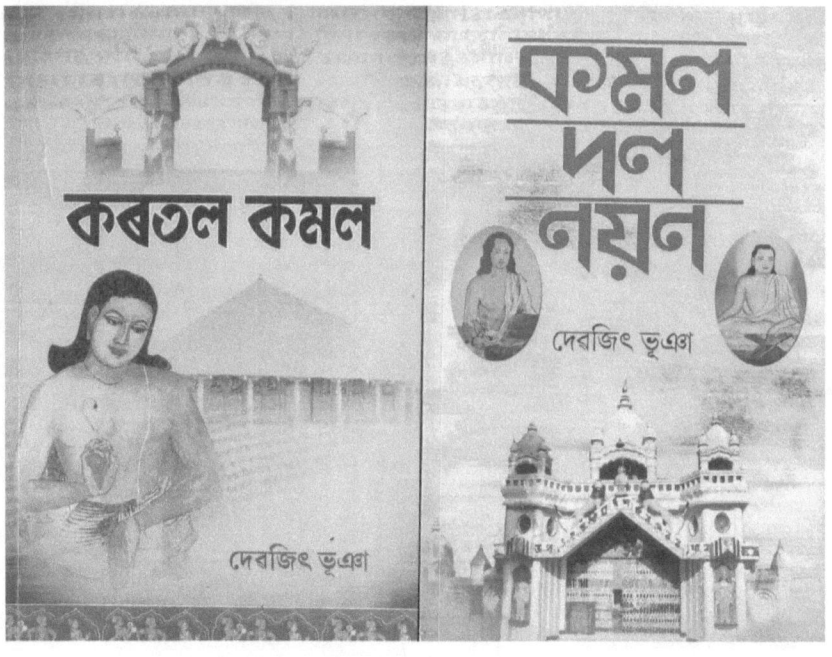

Çürümeyen anne

İnsanlar gelecek ve insanlar gidecek
Zihin her an değişecek
Bazen insanlar övecek
Bazen insanlar reddedecek
Bazen insanlar kayıtsız kalır
Ama tepeler ve dağlar gibi
Anne her zaman seninle olacak
Çocuklara olan sevgisi sorgulanamaz
Bu yüzden evrim devam ediyor
Ve insan uygarlığımız devam ediyor.

Sevgili Assam

Assam bizim sevgili yerimiz
Yurt dışında bile her zaman hatırlıyoruz
Her gün geri dönmeyi düşünüyoruz
Buradaki meyveler çeşitli ve suludur
Ilıman iklim hissetmek için çok iyi
Eşsiz biyolojik çeşitliliğe sahip çeltik çeşitleri
Tek boynuzlu Gergedan ve hayvan refahı artırır
İnsanlar basittir ve zenginlik için açgözlü değildir
Anavatan Assam bizim gerçek gücümüzdür.

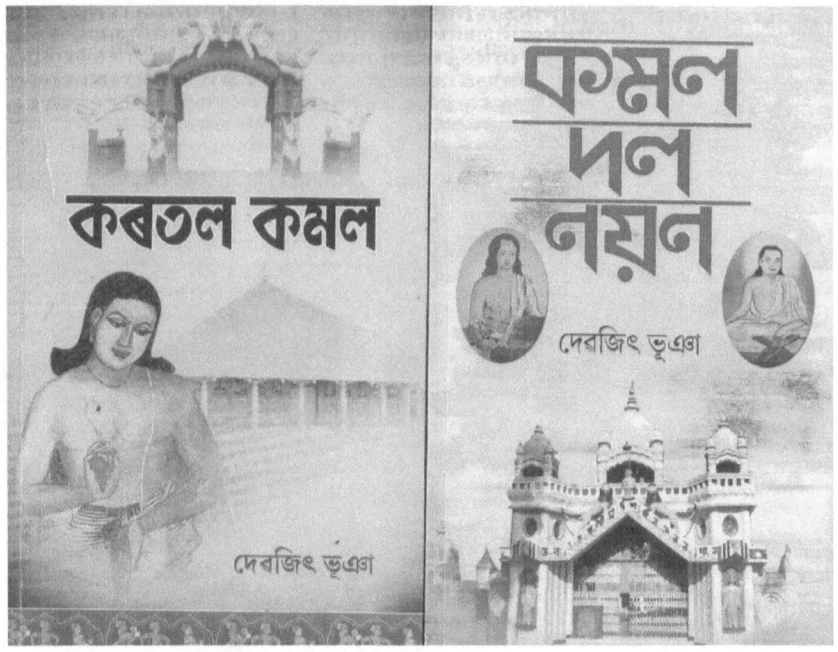

Aşk merhemi

Balsam, kanat solucanından kaşıntıyı iyileştirebilir
Farklı acılardan kurtulmak için merhem alıyoruz
Ama zihinsel acıda, aşk tek merhemdir
Birinin zihin acısını sevgi ve özenle iyileştirin
Kendi zihninize zevk verecektir
Batıl inanç fiziksel ve zihinsel hastalıkları iyileştiremez
Gergedan boynuzlarının veya kaplan dişlerinin sihirli bir iyileştirici gücü yoktur
 Onlar güzelliği olan masum yaratıklardır
İyileşmek için gergedanları öldürmek sadece deliliktir
Tanrı'nın her yarattıklarını nezaketle sevin.

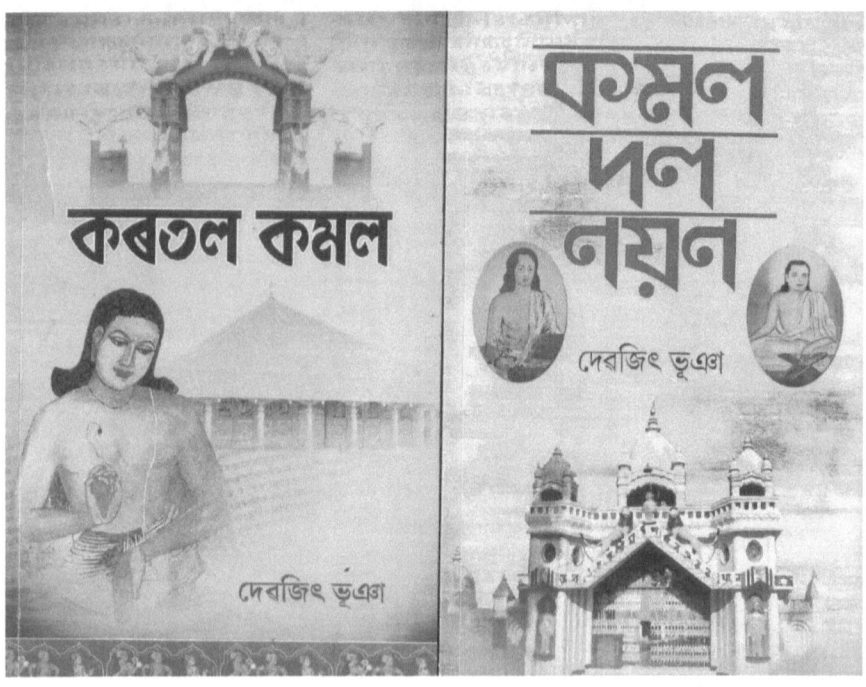

Ev ve aile bilgileri

Çok sayıda insanın zihni üzgün ve depresif kalır
Şimdi iç cephede bir günlük durum iyi ve basit değil
İlişkiler, evi tatlı hale getirmek için çok karmaşıktır
Kendi evimiz iyi durumda ve uyum içinde olmadığında
Şehirdeki ve ülkedeki uyum hakkında nasıl düşünebiliriz?
Herkes elverişli bir ev ortamı için çalışmalıdır
Ego ve sahte üstünlük kompleksini evin içinden atın
Evi, sevgiyi, tutkuyu ve bırakma tutumunu değiştirmenin yolu budur
İç cephe doğru yola girdiğinde, ulus da sallanacak.

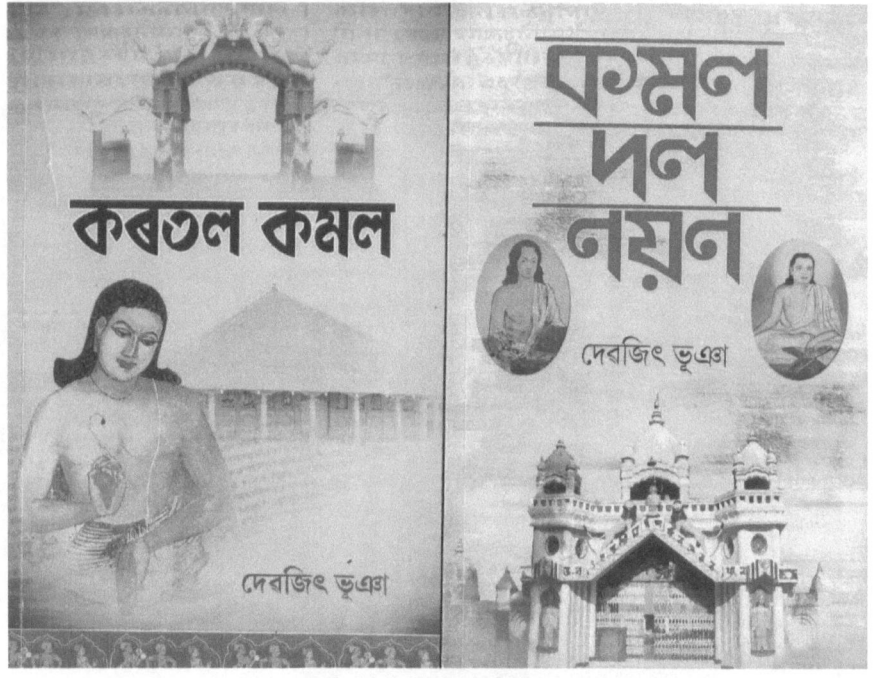

Para çok çalışarak gelir

Para asla tarlada ya da ağaçlarda yetişmez
Ancak uygulama para getirebilir
Borç olarak alınan para iade edilmelidir
Bu sizin zor kazandığınız para değil
Çok çalışarak kazanılan para sadece baldır
Paranın nasıl geleceğini düşünerek zaman kaybetmeyin
Doğru yolda yürürseniz, her yerde para bulacaksınız
Ama parayı toplamak için bile çok çalışmanız gerekiyor
Paraya giden yol her zaman engeller ve dikenlerle doludur
Bu yüzden zaman kaybetmeyin, vakit nakittir ve paraya sahip olmak zaman alır.

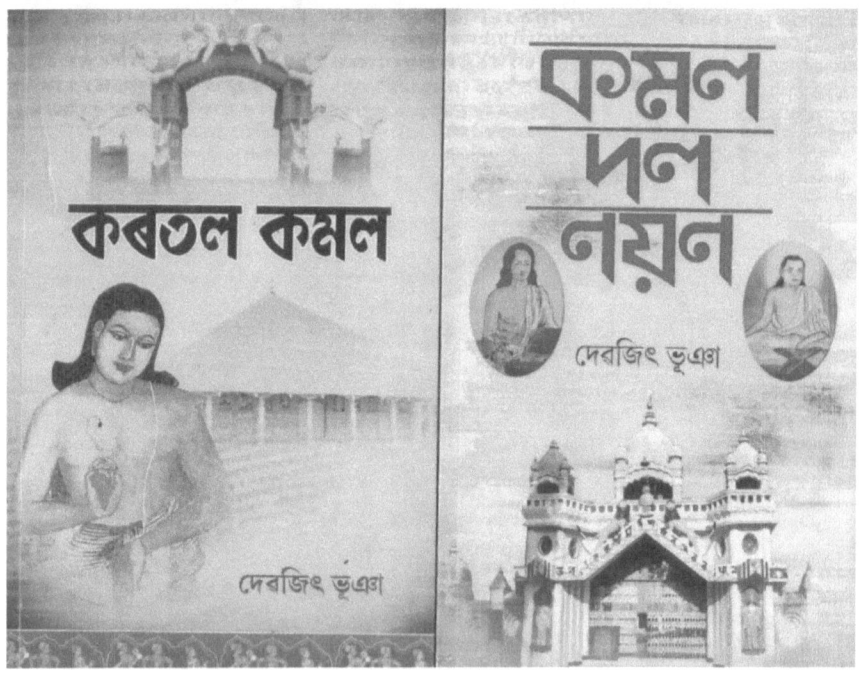

Boğa

Boğa insan için sürmeye başladı ve medeniyet değişti
Ancak boğa, ekimden yalnızca asgari bir pay alır
Yine de insandan daha az zeka nedeniyle şikayet veya kızgınlık yok
İnsanlar festival sırasında et yemek için boğaları bile kestiler
Boğalar küçük ve güçsüz Tanrı'nın çocuklarıdır
Onlara etik muamele yaparsak yanlış olan nedir?
İnsan uygarlığının ilerlemesinde katkıları çok büyük.

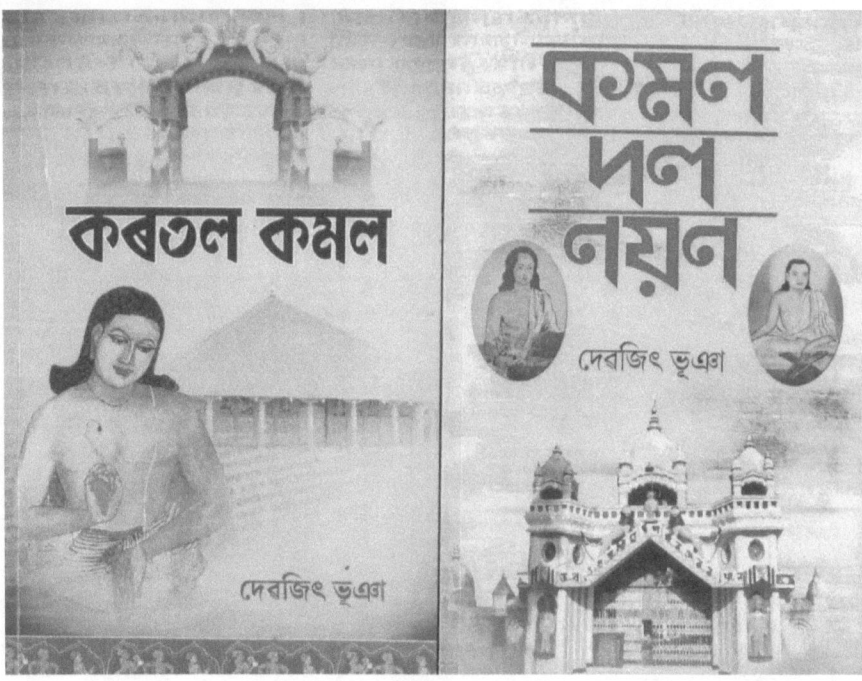

Öfke

Öfke en büyük düşmanımızdır
Öfkeyle, insanlar yakınlarını ve sevgililerini öldürürler
Aile, ülke yok edildi
Anın sıcağında, büyük olaylar olur
Ve acılar tüm yaşam boyunca devam ediyor
Öfkenizi her gün, her an kontrol edin
Fayda çok büyük ve paha biçilmez olacaktır
Hepsini sevmeye başlayacaksın ve herkes seni sevecek
Binlerce çiçek gökkuşağı ile çiçek açacak.

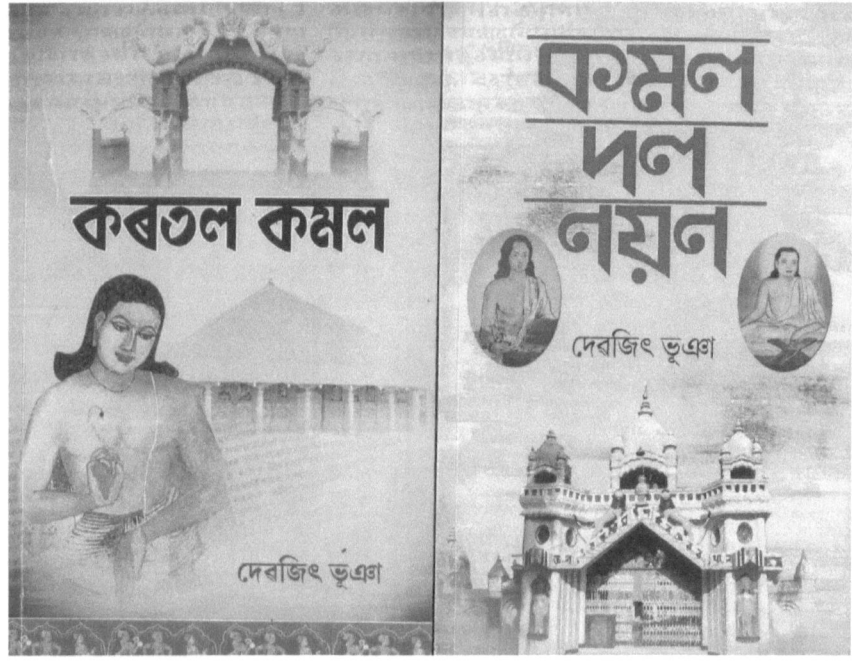

Sıcak üfleme soğuk üfleme

Bazen sıcak üfleyin, zaman gerektiriyorsa soğuk üfleyin
Hayatta başarılı olmak için bu önemli bir kuraldır
Çok ısınırsanız, amacınıza hizmet edilmeyecektir
Çok üşürseniz, insanlar bundan faydalanacaktır
Konuşurken kibar olun, ancak gerekirse sert konuşun
Her durumda asi veya kaba olmaya gerek yok
Hata ve kusur sizin tarafınızda olduğunda, asla sinirlenmeyin
Aksi takdirde, insanlar sizi kaplan açmış gibi köşeye sıkıştırırlar
Duruma ve koşullara göre tepki vermek yaşam için iyidir
Her zaman azarlamayı unutma, doğru sadece karınla.

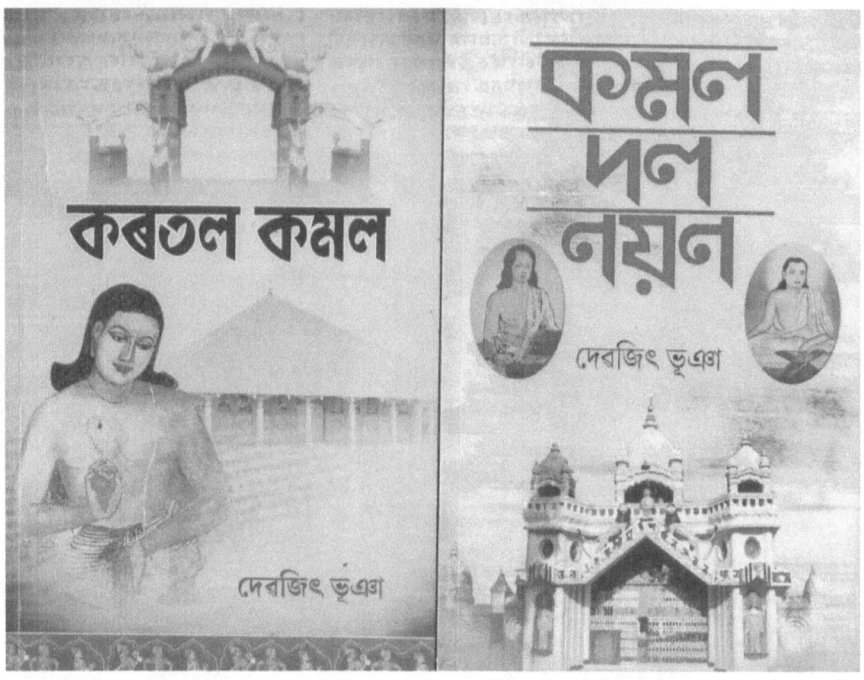

Kutsallık

Egoda asla şövalye olmayın
İnsanlar yakında sizin kutsallık tavrınızı anlayacaklar
İnsanların sana olan aşkı buz gibi eriyor
Rasyonel olmak ve kibar davranmak daha iyidir
Kutsallık tavrı sizi aşağı çekecektir
İnsanlar zor kazanılmış tacınızı tahttan indirecek
Gururlu tavır, iyi niyetiniz için mezar kazacak
İddialı beden diliniz sizi tepeden aşağı itecek.

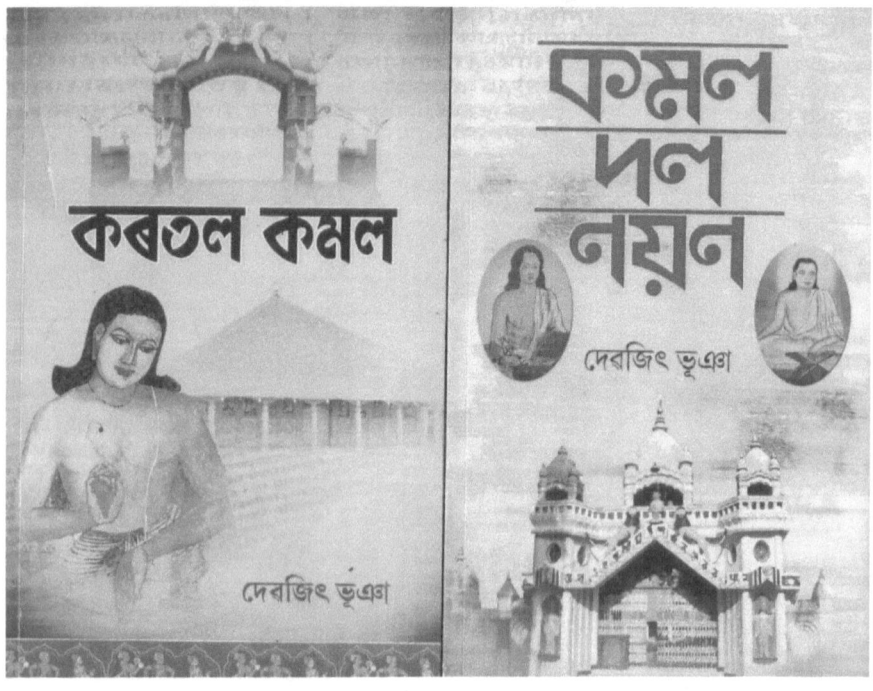

Yılbaşı aşkı ve sevgisi

Yeni yıl için sevgi ve en iyi dileklerimi alın
Onunla gökkuşağının yedi rengini alın
Ağaçların renkleri değişti
Bihu festivalinde insanlar yeni kıyafetler satın alıyor
Herkes farklı renklerle festivalin tadını çıkarıyor
Öküzler ve inekler bile yeni iple
Bazı insanlar daha iyi bir gelecek için Tanrı'yı reddeder
Yeni yılda nefret, kıskançlık ve egodan vazgeçin
Peepal ağaçlarının altında, davul sesi (dhool)
Genç dansçılar mutlu ve neşeli
Bihu festivali sırasında Assam iyimser bir ruh hali içinde
Ormandaki gergedanlar ve kuşlar da mutlu ve dans ediyor
Assam'daki atmosfer şenlikli, neşeli ve neşelidir.

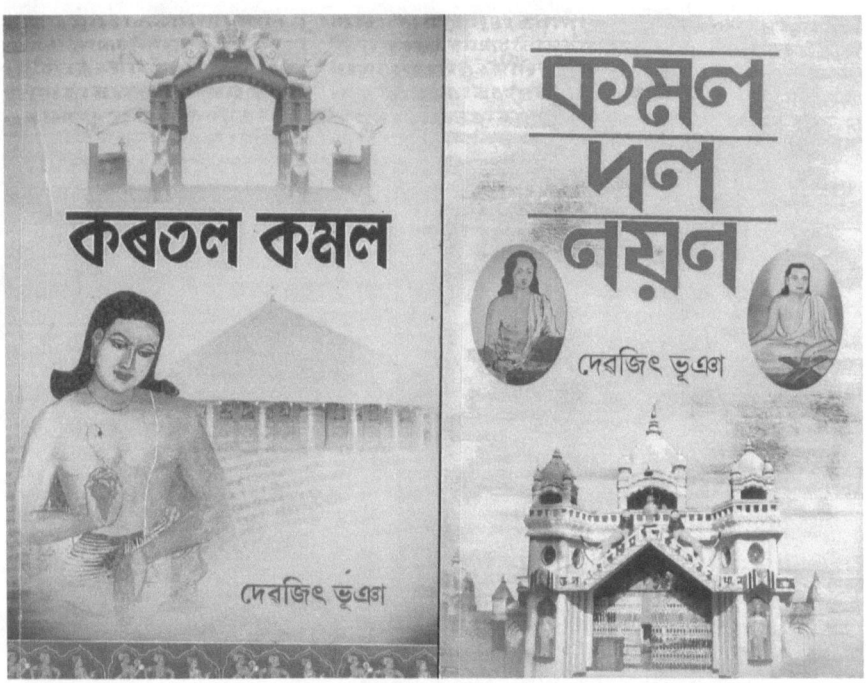

Assam'ın Mart-Nisan aylarında hava durumu

Hava hoş ve güzel olur
Beyaz bulut mavi gökyüzünde uçuyor
Yollarda araçlar hızlı gidiyor
Yoğun iş yükü nedeniyle Pawan eve gidemedi
Ikon'un zihni, Pawan'ın yokluğundan dolayı kasvetlidir
Çiçek açan krep yasemin ağacına doğru bakıyor
Davul sesini duyunca zihni neşelenir (dhool)
Arkadaşlarıyla birlikte Bihu tarlasına koşuyor
Bir peepel ağacının altında hep birlikte dans ettiler
Bihu, Assam kültürünün can damarıdır
Mart-Nisan güzel havaların zamanıdır.

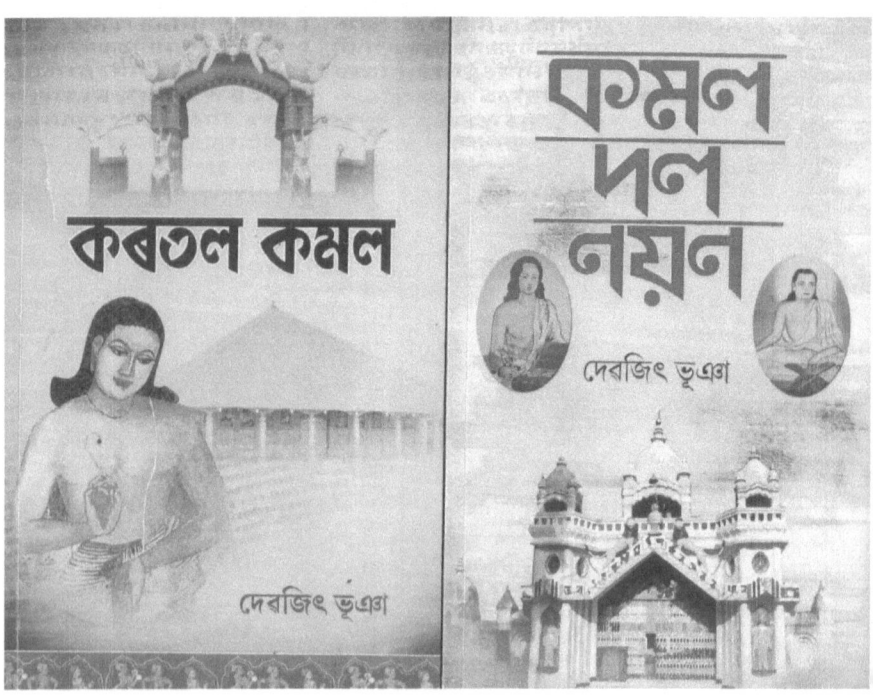

Nisan Aşkı

Aşkımı al Nisan, şenlik havası zamanı
Sana pahalı bir elbise ya da süs eşyası veremem
Cebim para dolu değil
Yine de kalbim sevgi ve şefkat
Para hırsı dikenlerle dolu
Ama aşkın yolu sonsuz kokuya sahiptir
Nisan ayı, zenginler için pahalı hediyeler alma ayıdır
Benim için kardeşliği ve sevgiyi yayma ayıdır
Sana pahalı bir şişe şarap hediye edemeyebilirim
Ama kalbim sarıldığın için seni ziyaret etmekte özgür
Benim için hiçbir hediye senin mutlu yüzünden daha önemli ve pahalı değil
Bana sarılıp sevinçle gülümsediğinde, tüm dünya benim.

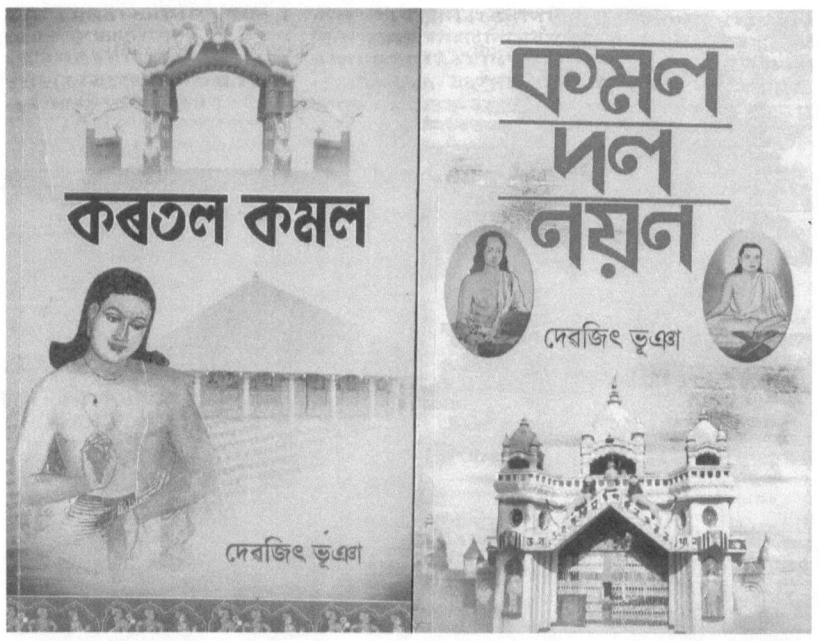

Garip dünya

Bu garip bir dünya
Zenginler çok zengin, fakirler ağızdan ağza
Doğuya ve uyumak için eve hiçbir şey yok
Yoksulların sefaletini kimse umursamıyor
Lüks arabalar güzellik salonunun yakınında durur
Bakım ve saç boyası için binlerce dolar harcandı
Ama yolda oturan dilenciye ayıracak tek bir kuruş yok
Bu gerçekten yüce hayvan insanoğlunun garip bir dünyasıdır
İnsanlar her an saçma sapan şeyler yapmakla meşgul
Bu dünyada dürüstlük yoluyla geçimini sağlamak çok zor
Ancak milyon dolarlar dolandırıcılık ve insanları aldatma yoluyla geliyor
Yine de daha iyi bir dünya için, doğruluk ve dürüstlük kural basittir.

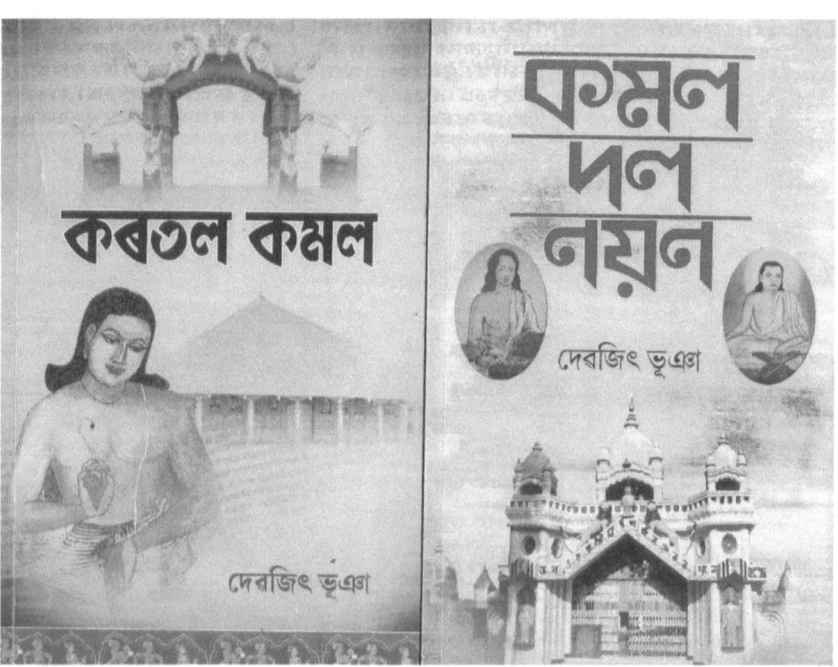

Anne sevgisi

Anne anne, sevgili anne
Anne anne, şefkatli anne
Cennet de anneye eşit değildir
Aşk nehir gibi akar
Hiçbir sevgi anne sevgisinden daha saf değildir
Çocuklarının her hatasını mazur görür
Hasta ve yorgun olsa bile kendine iyi bak
Sıkıntı sırasında herkes kucağına çöp alır
Dokunuşu ve öpücüğü en iyi ağrı kremidir
Bir anneyi asla ihmal etmeyin veya zihinsel acı vermeyin
İnsanlık ve kardeşlik arasındaki bağdır
Geçmiş, şimdi ve gelecek anne karnında akar
Anne olmadan, zaman ve medeniyet büyük bir gök gürültüsü ile duracak.

Bulut

A-elma, B-topu, C-iklimi öğretin
İklim çok hızlı değişiyor
Mart ayında şiddetli yağmur
Zamansız yağmur şenliği mahvetti
Çöllerde bile şiddetli yağmur tahribat yarattı
Ancak iklim değişikliği için insanlar duyarsız
Bulut patlaması sık sık gerçekleşiyor
Tepelerde ve planlarda sefalet getiriyor
Çöller, tepeler ve ovalar hiçbiri iklim değişikliğinden muaf değildir
Muson yönü düzensiz hale geliyor
Ve bereketli topraklar kuraklık ve acı çekiyor
İklim değişikliğini durdurmak artık ana vizyon olmalı.

Kötüye

Toprak anadaki kaynaklar azalıyor
Ancak homo sapiens'in nüfusu artıyor
Suyu yanlış kullanmayın, enerjiyi yanlış kullanmayın
Kıyafetleri kötüye kullanmayın, parayı kötüye kullanmayın
Kalem, kurşun kalem, kağıt ve plastikleri yanlış kullanmayın
Şekeri, tuzu ve hatta tek bir tahılı bile kötüye kullanmayın
Zamanı kötüye kullanmayın ve treni kaçırmayın
Milyonlarca insan hala aç karnına uyuyor
İsrafı en aza indirmek, onlara günde iki kez yemek verebilir
Tanrı için, şeylerin kötüye kullanımını azaltmak gerçek bir dua olabilir.

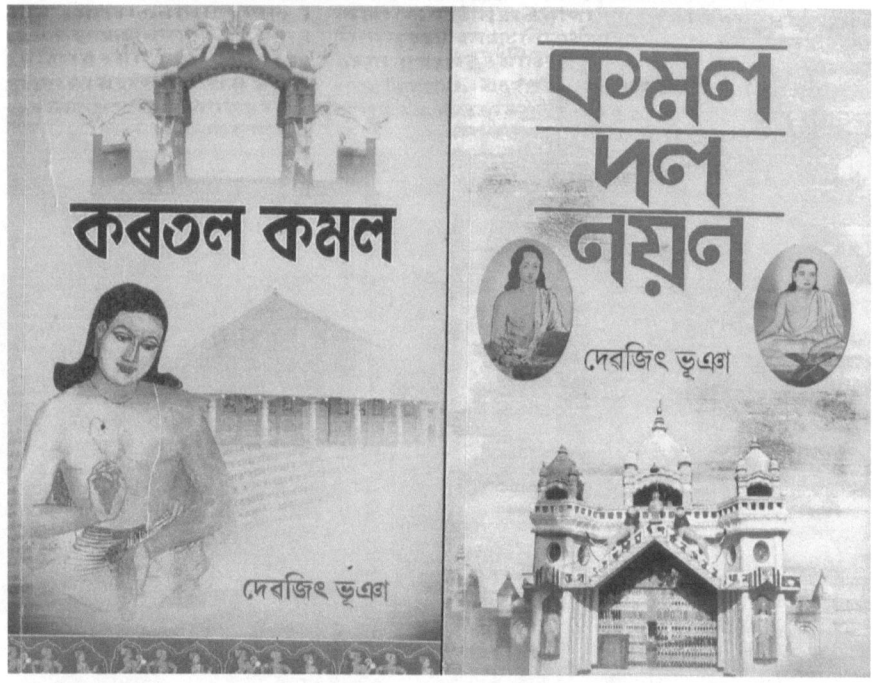

Bir zamanlar

Bir zamanlar Assam kaynaklarla doluydu
Küçük kasaba ve köylerde sınırlı yerleşim
Arka bahçelerde ağaçlar bol meyveliydi
Mutfak bahçeleri yeşil yapraklı sebzelerle doluydu
Göletler, farklı yerli balık çeşitleriyle canlıdır
Birdenbire insanlar yakındaki populus ülkelerinden göç etti
Sığır otlatma alanlarını ücretsiz olarak işgal etmeye başladılar
Çatışma yerli halk ve göçmenler arasında başladı
Parlama noktası, Nelie'nin göçmenleri katletmesiyle geldi
Nelie, barışçıl Assam tarihinde hala bir korku
Politika, Sankardeva'nın hoşgörü konusundaki temel öğretisini mahvetti.

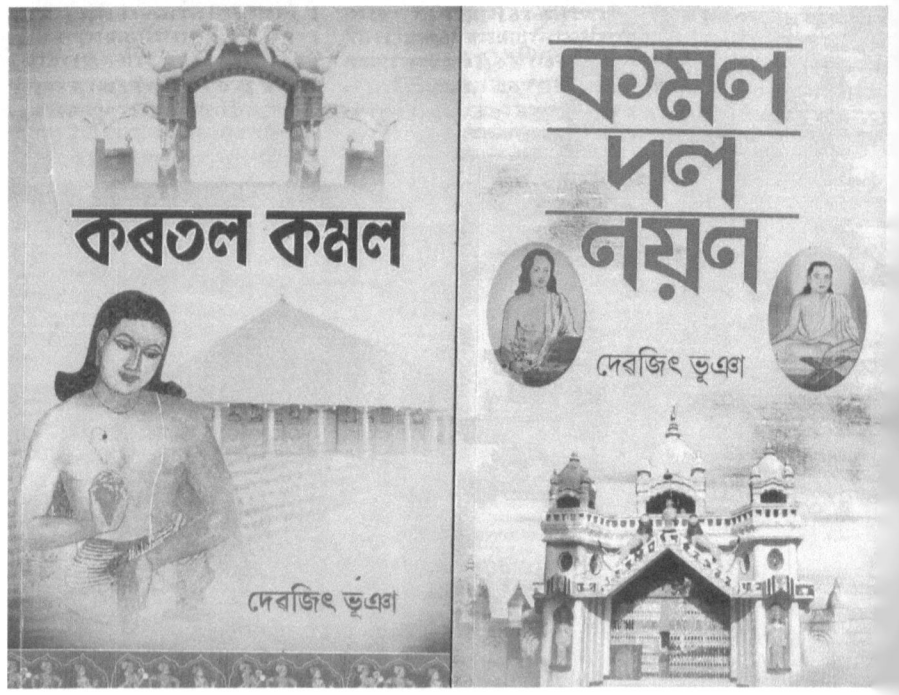

Değersiz aşk

Aşk değersiz bir pazarlama metası haline geldi
Para dağıtırsanız, insanlar sizi sevecek ve hayran kalacaktır
Parayla bol miktarda sevgi ve gülen yüzler olacak
Ancak günlük ve festival masraflarınız hızla artacak
Cömert olmayı bıraktığınızda, sevgi nehri kurur
Arkadaşlık ve ilişkiler için, yalnız ağlamak zorundasın
Kimse onlara olan sevginizi ve ilginizi hatırlamayacak
Onlar için durduktan sonra altın yumurtlayan bir tavuk olarak devam edin
Dünyayı yalnız gezmek ve bilinmeyen insanlarla tanışmak daha iyidir
Tek kuruş harcamadan birinin kalbini kazanabilirsiniz
O meçhul arkadaşın aşkı tüm hayatı bal gibi kalır.

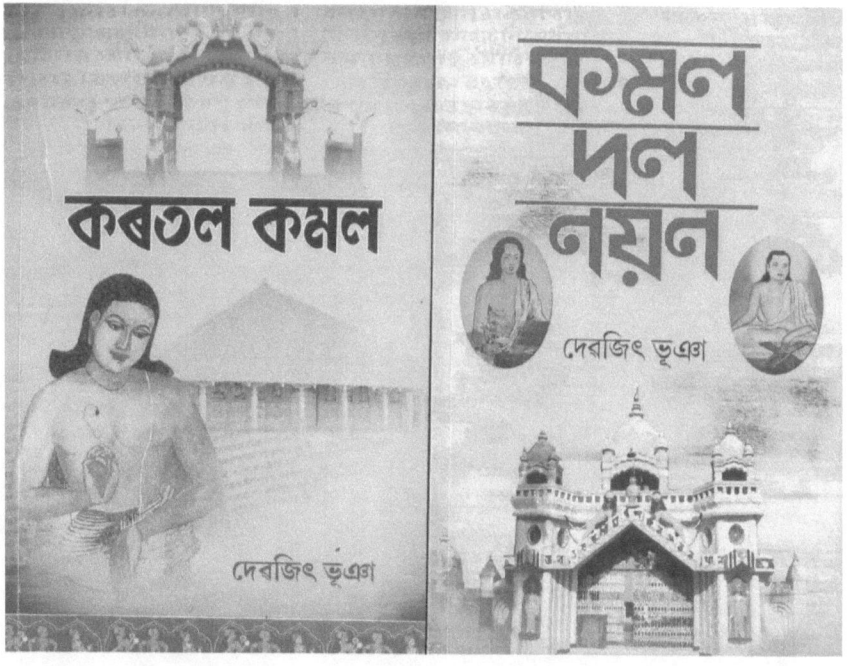

Ahom'un altı yüz yıllık kesintisiz yönetimi

Ahom, şimdi Myanmar olarak adlandırılan Burma'dan Assam'a geldi
Ve küçük kralları yenerek Ahom Krallığı'nı kurdu
Assam'ı altı yüz yıl kesintisiz yönettiler
Daha büyük bir Assam oluşturmak için tüm küçük etnik grupları birleştirdi
Bölge tarım, ticaret ve saray inşaatı ile zenginleşmektedir
Assam'ın zenginliğini bilen Moğollar, Assam'a on yedi kez saldırdı
Ancak Ahom Krallığı'nı fethedemedi ve efsanevi savaşçılar doğdu
Daha sonra Ahom prensleri arasındaki iç çatışmalar krallığın çöküşüne yol açtı
İngilizler, Assam'ı kısa bir süre için işgal eden Burma ordusunu kolayca yendi
Ahom krallığının tarihi ve ihtişamı sonsuza dek söndü.

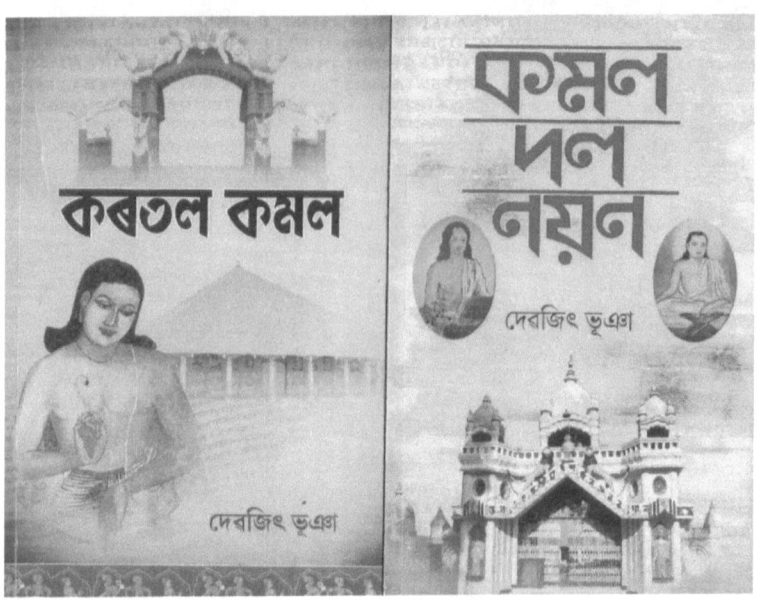

Başarılı olacağım

Ben ıssız bir adada bencil bir birey değilim
İnsanlar ve toplum olmadan, ayakta duramazım
Bu yüzden her zaman dinamiğim, asla durağan değilim
İnsanların gücüyle korkusuzum
Dağı kırabilir ve yeni nehir kazabiliriz
İnsanlarla birlikte bir kartal gibi havada uçabilirim
Gökyüzündeki dolunay gibi parlayabilirim
Bu yüzden dürüstüm ve halkıma bağlıyım
Her zaman birlikte bir topluluk hayatı sürüyorum, bu çok basit
Takım çalışması ve birlikte çalışmak benim ilerleme yolum
Bu yüzden kendimin ve takımımın başarısından eminim.

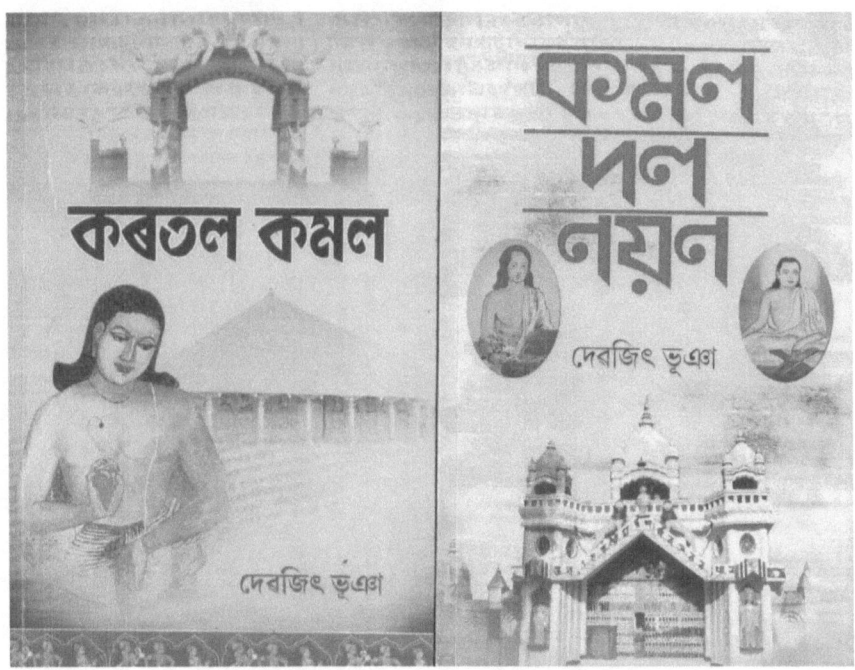

Yanık çiçek ağacı

Kadam (yanık çiçeği) ağacının üstünde, kartal yuva yapar
Altında fil sevinçle sert oynuyor ve dinleniyor
Anne fil yakındaki muz ağacına bakıyor
Buzağısı, özgürce koşan küçük muz bitkilerinin tadını çıkarmak istiyor
Simalu'dan (bombax-ceiba) uçan birkaç küçük pamuk parçası geldi
Buzağı da aynı şeyi yakalamak için zıpladı ve arkasından koşmaya başladı
Davulun sesini duyan anne temkinli olur
Ormana doğru sert hareket ve fil meyvesinin tadını çıkardım
Orada bile uçan pamuk onları beyaz renkle karşıladı
Bu, doğanın tüm canlılarla eğlendiği zamandır.

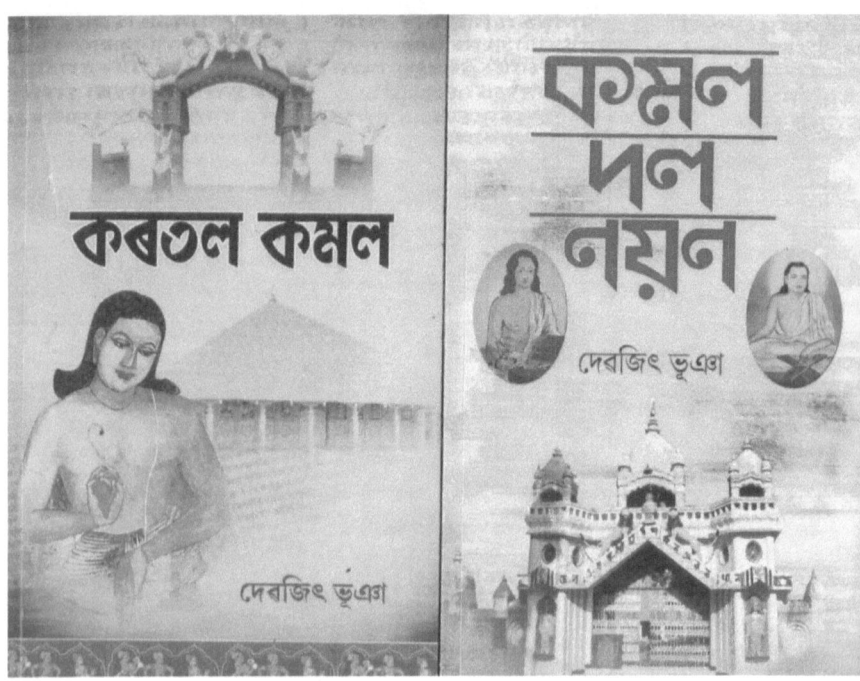

Arap Halkı

Arap Okyanusu büyük ve geniştir
Ama dar görüşlü insanlar her zaman kavga eder
Bütün yıl Arap ülkeleri çok sıcak
Bu, Arap halkının her zaman savaşmasının bir nedeni olabilir
Hazarat, bölgeye barış getirmek için yeni bir din tanıttı
Başlangıçta ihanet olduğunu düşünen insanlar tarafından itildi
Daha sonra Muhammed'in dini hızla büyüdü
Arap aklında barış kalıcı olarak ortadan kalktı
Hala bölgede herhangi bir çözüm olmadan savaş devam ediyor
Arap halkının, kadınların özgürleşmesiyle birlikte modern düşünceye ihtiyacı var.

Jungle

Orman ve ormanlar hayvanlar tarafından kontrol edilmelidir
Homo sapiens olarak bilinen sözde zeki tarafından değil
Bu dünya sadece tek bir türe ait değil
Her türün bu gezegende yaşama ve hayatta kalma hakkı vardır
Zeki olabiliriz ama gezegeni yok etmeye hakkımız yok
Ekolojik denge, insanın hayatta kalması için de gereklidir
Ormanlardaki hayvanların yazıları çevreyi sürdürülebilir kılabilir.

Khaddar (khadi kumaşı)

El yapımı khadi kumaşı teşvik edin
Cilt ve Hindistan ekonomisi için iyidir
Şehirlerde bir zamanlar khadi ihmal edildi
Ama şimdi insanlar bunun değerinin farkında
Gandhi, khadi'yi bir charkha (çıkrık) aracılığıyla yaydı
Khadi, kırsal Hindistan ekonomisinin büyümesine yardımcı oldu
Binlerce kırsal insanın nakit akışı vardı
Khadi, köy kadınlarını güçlendirdi
Ancak iplik fabrikaları ve polyester Khadi'ye büyük darbe vurdu
Şimdi yavaş yavaş Khadi popüler hale geliyor
Bağımsızlık tarihinde Khadi her zaman hatırlanacak.

Assam Parfümü (Agarwood yağı)

Assam parfümü Arap dünyasında çok popüler
Dünyanın hiçbir yerinde bu agar çeşidi üretilmez
Ajmal, Arabistan, Avrupa ve Amerika'da markalaştırdı
Artık Bangladeş ve Avustralya'da da popüler
Assam ormanında agarwood ağaçları büyür
Belirli bir böcek üremesi ile, agar yağı akışı
Agarın kokusu benzersizdir, Müslümanlar arasında popülerdir
Yakınındaki tüm yapay parfümler kısa ve ince duruyor.

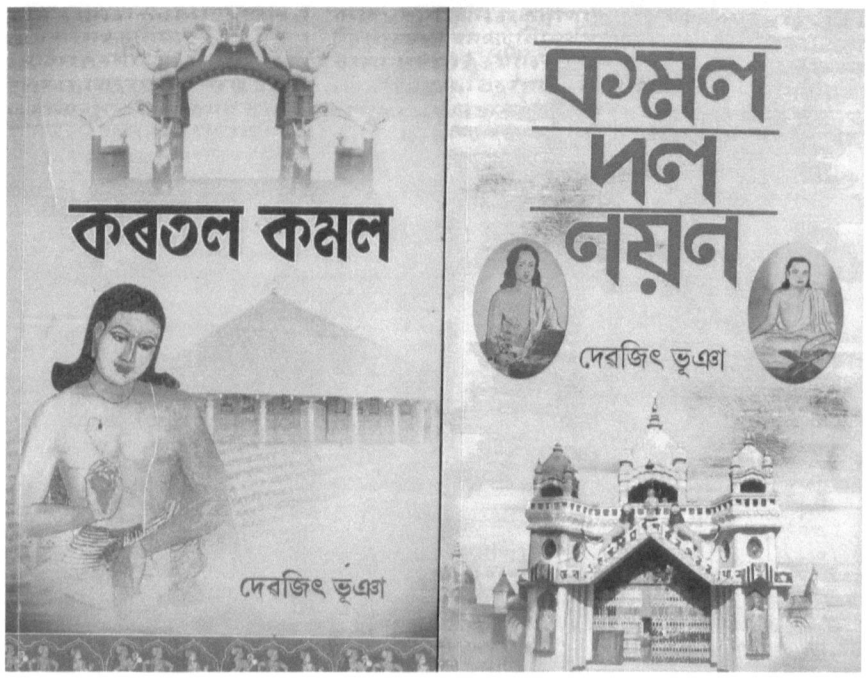

Sel

Ey senin büyük nehrin, ey sığ nehrin
Sel yoluyla tahribat yaratmayın
Ekinleri yok etmeyin ve verimli topraklara zarar vermeyin
Eyleminiz nedeniyle en çok yoksullar acı çekti
Şiddetli yağmur sırasında akmak için herhangi bir rotayı kullanırsınız
Sel nedeniyle birçok medeniyet darbe aldı
Nehirler insan uygarlığının can damarı olsa da
Şimdiye kadar barajlar da çözüm sağlayamadı
Barajın yıkılması nedeniyle çok az felaket yaşandı
Ey senin kudretli akışın yavaş yavaş sakin ve sakin oluyor.

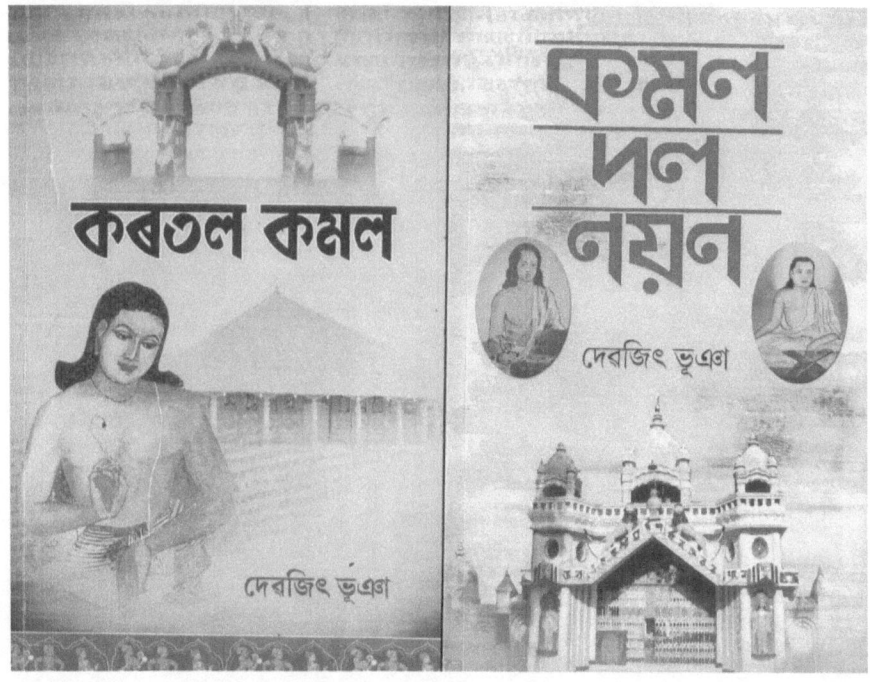

İşin meyvesi (Karma)

Herkes, kötü ya da iyi, çalışmasının meyvesinin tadını çıkarmalıdır

Newton'un üçüncü yasası evrenseldir ve kaçınılmazdır

İyi işler ve iyi eylemler iyi geri dönüşler sağlar

Kötü işler ve faaliyetler sizi acı çekmeye zorlar

Hiç kimse Karma'nın sonucuna veya meyvesine karşı bağışık değildir

İyi işler yap, iyi düşün Sankardeva'nın dharma'sıdır

İnsanlara, topluma ve hayvanlar alemine iyilik yapın

Ölüm anında huzur, sükunet, saygı bulacaksınız.

Kıskançlık

Başkalarının başarısını görmek için kıskanmayın
Daha iyisini başarın, aksi takdirde hayat duygusuz olur
Kıskanç, asla ünlü olmayacaksın
Başkalarını eleştirmek her zaman hayatınızı geçirgen hale getirecektir
Kıskançlık içinde yanmak yerine, muazzam çalışın;
Kıskançlık ve ego sizin kötü arkadaşınızdır
Şampiyon olmana asla izin vermeyecekler
Aksine, iyi arkadaşınızın fikrini bozarlar
Hayatta başarı için, kıskançlık sürgünü, ego iyi bir çözümdür
Kötü arkadaştan vazgeçin, beyin yaratıcı simülasyona başlayacaktır.

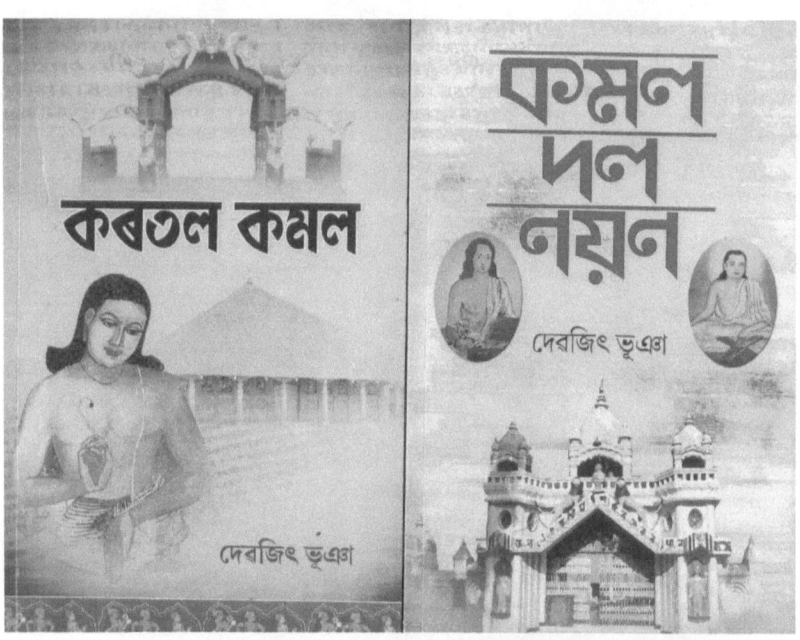

Her şey her zamanki gibi gidecek

Gelecek yıl hayatta kalsam da kalmasam da
Dünya dönüşünü ve dönüşünü yapacak
Mevsimler kirlilikle her zamanki gibi değişecek
Kalıcı bir çözüm olmayabilir
Yine de işler her zamanki gibi gidecek ve hiçbir şeyi rahatsız etmeyecek;
Kırık kalbim ölümüme kadar birleşmeyebilir
Yine de kırık kalplerle insanlar umut ve inançlarını koruyacaklar
Hayatın acısına dayanabilen, bazıları veda edecek
Tekrarlanan aksiliklerden sonra bile, bazıları bir kez daha deneyecek
Ama yine de, gezegen devam edecek;
Evrenimizin kökeni hakkında yeni teoriler ortaya çıkacak
Bilim adamlarının ve filozofların görüşleri farklı olacaktır
Yine de evrenin genişlemesi durmayacak ya da tersine dönmeyecek
Fiziğin temel yasalarını, doğa koruyacaktır
Bir yılın dünya için hiçbir önemi yoktur, ancak hafızamız korunacaktır;
Zamanın, geçmişin, şimdinin ve geleceğin özelliği geriye gitmeye izin vermeyecektir
Hayat gelecek, gidecek ve katmanlar ve yığınlar gibi gelecek
Büyük olayların tarihi bile sınırlı bir süre için hayatta kalacaktır
Bu, doğanın ve yaratılışın güzelliği, çok dengeli ve ince
Yirmi yirmi üçe neşe ve şarapla veda edin.

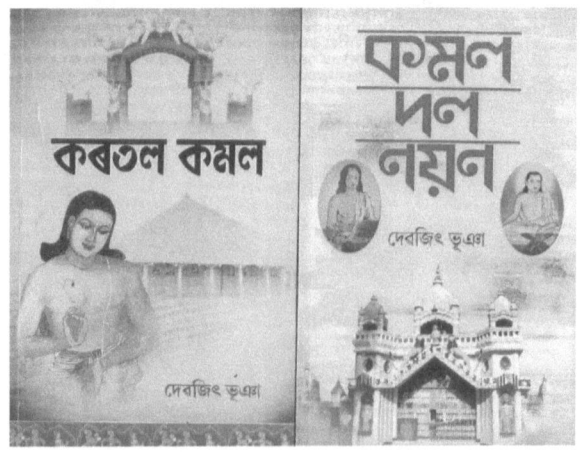

Kaplumbağa

Bir zamanlar yavaş ve istikrarlı olan yarışı kazanırdı
Çünkü hızlı hareket eden tavşan biraz dinlenmeye karar verdi
Ancak ormansızlaşma nedeniyle işler artık değişti
Hem kaplumbağa hem de tavşan artık teklifini kaybediyor
Kaplumbağa, sert kalkanını kullanarak zeki tilkiyi kandırabilirdi
Ancak kaplumbağa tarım alanında hayatta kalamadı ve hile yapamadı
Kaplumbağa ağzını kapalı tutması gerekirken açtı
Emniyet kemeri veya paraşüt olmadan gökyüzünde uçmak doğru değil
Ne turnalar ne de kaplumbağa kulaklarında pamuk kullanmadı
Gürültüye ve tezahüratlara cevap vermek her zaman öfke veya gözyaşı getirir.

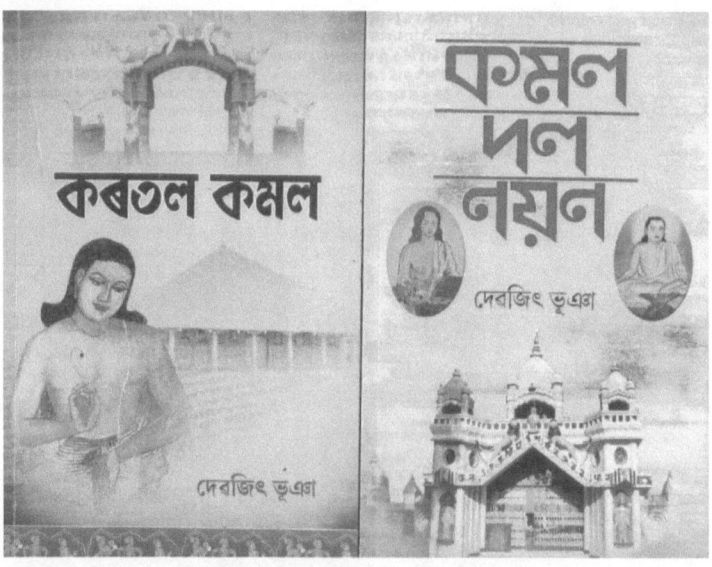

Karga ve tilki

Tilki kargayı aldattı ve etin tadını çıkardı

Karga, tavuğu tilkinin ağzından kurtararak intikamını aldı

Karganın çakıl taşları koyarak saksıdan su içtiğini görmek

Tilki üzüm yemeye çalıştı, birkaç kez zıpladı, başarılı olamadı

Karga, trolleme ve hakaret pozlarıyla başarısızlığa güldü

Kartal bir koyunu kaldırabiliyorsa, neden ben olmayayım diye düşündü karga

Yüne yapıştı ve tilki için zevk getirdi

Tilki, bambu ağacının üzerinden akan sel için Tanrı'ya dua etti

Karganın gökyüzünde özgürce uçtuktan sonra oturacağı yer

Tanrı yağmur ve yağmur yağdırdı, tilkiyi sel suyunda yüzmeye zorladı

Tilki hatasını anladı ve havanın tekrar adil olması için dua etti

Komşular zeki ve başarılıysa kıskanmayın

Yeteneğe sahip olmadan rekabet etmeye çalışırsanız, durum duygusuz olacaktır.

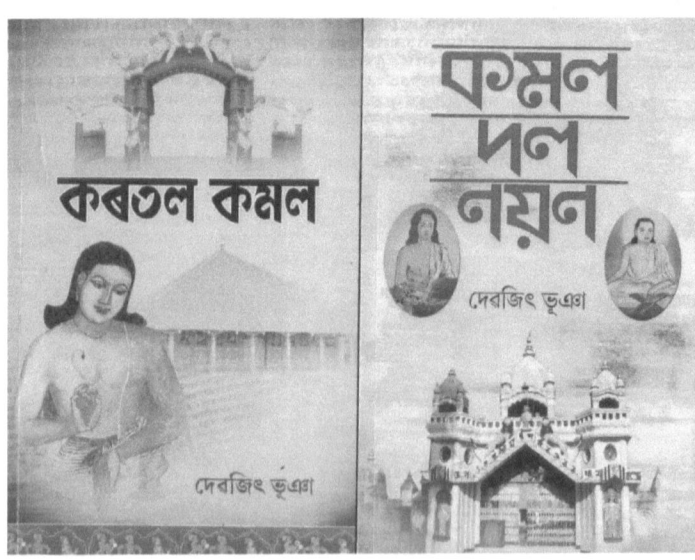

Kendi çözümünüzü bulun

İki yüz yıl yaşamak mı istedin?
Bir kaplumbağa veya mavi balina olun ve keyfini çıkarın
Mavi gökyüzünde yüksekten uçmak ister misiniz?
Kartal olmak, deneyebilirsin
Sağlığınız için hızlı koşmak mı istiyorsunuz?
Bir çita ol ve hepsinden önde olacaksın
Uzun boylu olmak ve uzaklara bakmak mı istediniz?
Bir zürafa ol ve konuşma ağacından yapraklar ye
Herhangi bir kontrolden uzak bir hayat yaşamak ister misiniz?
İnsanın evcilleştiremediği bir Zebra ol
Başkalarına kavga etmek ve havlamak mı istediniz?
Bir rottweiler köpeği olun ve başkalarını ısırın
Gündüz ve gece boyunca uyumak mı istediniz?
Bir koala ol ve çalışmaya ve savaşmaya gerek yok
Daha fazla ve çok fazla yemek yemek mi istediniz?
Fil olman iyi bir şey
Pasaportsuz ve vizesiz seyahat etmek mi istiyorsunuz?
Sibirya vinci olmak en iyi seçenektir
Ama sen zekalı bir insan olduğun için
Ne istiyor ve neye öncelik veriyorsanız, kendi çözümünüzü bulursunuz.

Kimse seni yukarı çekmeyecek

Düştüğünde kimse sana yardım etmeyecek
Herkes tacı kazanmak için koşuyor
Çılgın koşuşturmada ezilebilirsin
Ölü bedeniniz atlama taşı olabilir
Her zaman hatırla, bu hareketli dünyada yalnızsın
Kimse gözyaşlarını silmeye ve merhem sürmeye gelmeyecek
Yalnız kalmak, ayağa kalkmak ve sakin kalmak zorundasın
Sonunda herkes aynı yere ulaşacak
Acı, zevkler, gözyaşları her şey çöpe gidecek
Öyleyse neden her an düşme korkusuyla sıçan yarışına katılıyorsunuz?
Sonunda başarısızlığın ya da başarının sayılmadığını bildiğinizde
Kaybedecek veya kazanacak bir şey yokken yavaş ve istikrarlı hareket edin
Bu sayede yolculuk sırasında stres ve acıdan kaçınabilirsiniz.

Kıskançlık, kıskançlık, kıskançlık

Tanrı'nın bereketleri için birkaç yıl dua etti
Sonunda Tanrı göründü ve 'Ne istiyorsun çocuğum?' diye sordu.
'Ne istediysem hemen almamı istiyorum'
"Ama neden böyle bir nimete ihtiyacın var?" diye sordu Tanrı
'Mutlu ve zengin olmak için dileklerimi yerine getirmek istiyorum'
Sana bu kutsamayı sadece şartla verebilirim, kesinlikle değil, diye yanıtladı Tanrı
'Benim için kabul edilebilir tüm koşullar', sadece dileğimi yerine getirin
'Sen istediğini alacaksın ama komşun iki katını alacak'
Ama başkalarına zarar vermeye çalışırsan her şey yok olur, diye uyardı Tanrı

Bana kabul edilebilir, dedi adam, Tanrı 'Amin(তথাস্তু)' dedi ve ortadan kayboldu
"İki katlı güzel bir binam olsun," dedi adam
Hemen dört katlı bir bina ile birlikte komşusuna oldu
Evimde on güzel arabam olmalı
Hemen yirmi güzel araba ile komşusuna oldu
Arka bahçemde bir yüzme havuzum olmalı
Hemen komşuya iki yüzme havuzu ile oldu
Bir hafta içinde adam hüsrana uğradı ve komşusunu kıskandı
Çok geçmeden komşusunun zenginliğine bakarak sinirlendi
Komşuyu nasıl yeneceğini düşünen adam çıldırdı ve çıldırdı
Komşunun evine baktığında çok üzüldü
Komşu iki yüzme havuzunun yanında mutlu bir şekilde yürüyordu
Mutlu komşusunu görünce birden aklına çözüm geldi
"Tek gözüm zarar görsün," dedi adam komşusuna bakarak
Komşu hemen kör oldu ve oradaki yüzme havuzuna düştü
Komşu yüzme bilmediği için öldü
Adam, "Ey Tanrım, kutsamasını geri al" dedi.

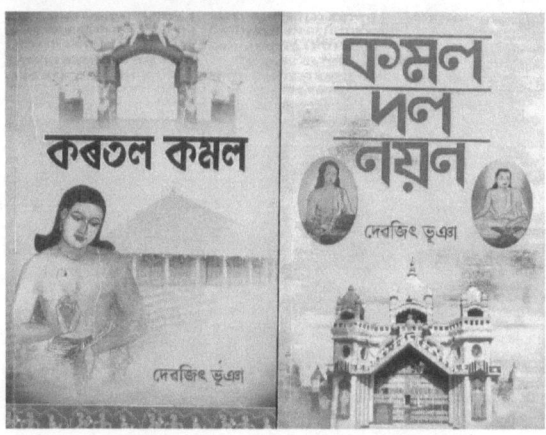

Ölümlülük ve Ölümsüzlük

Ölmek istiyorsan, ölümsüz olduğun için ölmeyeceksin

Sonsuza dek yaşamak istiyorsan öleceksin, çünkü sen ölümlüsün

Yaşamın temel içgüdüsü sonsuza dek yaşamak ve yaşamaktır

Ancak doğa kanunu tam tersidir, en güçlü olanın bile ölmesi gerekir

İki zıt güç, yaşam ve ölüm, sürekli iş başında

Bu yüzden türlerin evrimi devam ediyor ve asla durmuyor

Bazıları birkaç saat yaşayacak; Bazıları beş yüz yıl yaşayacak

Ama hiçbiri için, doğanın özel muamelesi vardı ya da gözyaşı dökmüyordu

Yaşadığın ve rigor mortis başlamadığı sürece

Sen ölümlü değilsin ve ölümsüzlük gitmedi.

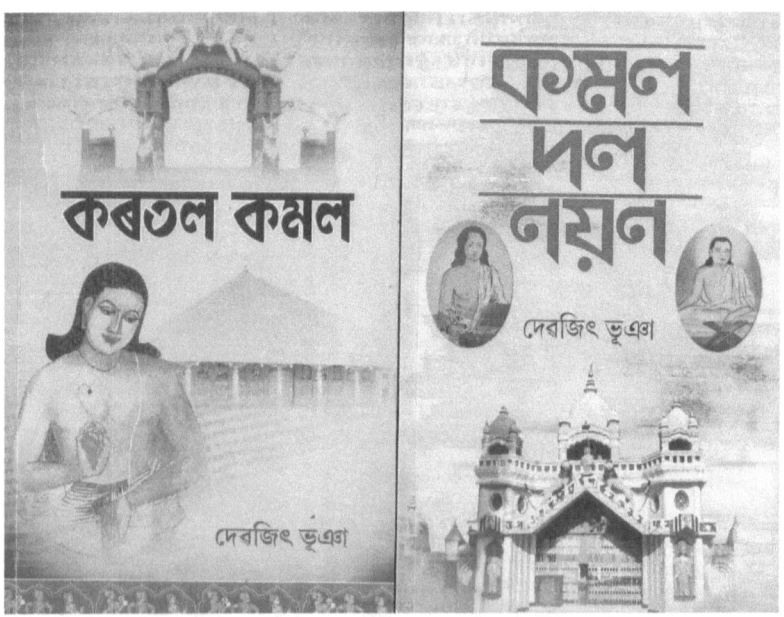

Amacı bilmiyorum

Yaşamın amacı yavru üretmektir
Yoksa yaşamın amacı genetik kodu korumak mı?
Hayatın amacı daha iyi yemek yemek ve iyi uyumaktır
Yoksa amaç, gelecek neslin anlatması için bir hikaye yaratmak mı?
Hayatın amacı para ve servet biriktirmektir
Ve cennete ya da cehenneme giderken her şeyi bırak?
Hayatın amacı huzur ve mutluluğun peşinde koşmaktır
O zaman neden hayatta bu kadar çok aktivite ve iş?
Yaşamın amacı ağrıyı en aza indirmek ve konforu en üst düzeye çıkarmaktır
O zaman komada yaşamak en iyi çare olurdu;
Yaşamın amacı yaşamak ve başkalarının yaşamasına izin vermek midir?
O zaman tavuk, kuzu ve hayvan kardeşlerini nasıl yiyebiliriz?
Yaratıcıya dua etmek ve elmayı parlatmak amaçsa
Neden atamız para, şempanze bu kursa hiç girmedi?
Herhangi bir amacı yoksa veya bir hedefi varsa hayat
Sadece bugünü mutlu ve huzurlu bir şekilde yaşamak tek çözümdür;
Bir amaç bulmaya çalıştığımızda, pusulasız derin ormandayız
Hayatınızı kendi yolunuzu inşa ederek yaşayın, çıkmazı düşünmeden seyahat edin.

Zor kazanılan paramız nerede kayboluyor?

Tüm hayatımız boyunca yerçekimi ve sürtünmenin üstesinden gelmek için enerji kazanırız

Ancak sıfır yerçekimi ve sıfır sürtünme hayatı kış uykusuna itecektir

Elektromanyetizma ve yerçekimi ile nükleer kuvvetler yaşamın kaynağıdır

Sürtünme, maddi hayatımızın seyrini yönlendirmek için önemlidir

Zor kazanılan paramızın çoğu yerçekimi tarafından tüketiliyor

Güzel elbiseler ve süs eşyaları sadece tamamlayıcıdır

Tüm ekstra bagajları tekrar taşımak için enerji harcamamız gerekiyor

Yerçekimi, elektromanyetizma ve nükleer kuvvetlerle oyun hayattır

Sürtünmenin rolü, bir eş tarafından yapılan tüm işleri yapmaktır

Yiyecekleri enerjiye dönüştürmek ve kuvvetleri aşmak için enerjiyi kullanmak

Hayatta kalmak için bu birincil işi yapmak için, homo sapiens'in alternatif kaynakları yoktur

Ağaçlar yerçekimi ve sürtünme konusunda daha iyi konumdadır

Yiyecekler için bile, fotosentez onların benzersiz gizliliği ve kolay çözümüdür.

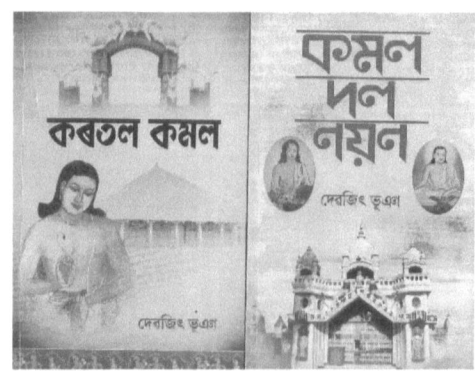

Firavun faresi

Nefreti, kıskançlığı ya da insan yaşamının karmaşıklığını bilmiyordu

Sadece efendisini ve çocuklarını kalbinin derinliklerinden sevdi

Sevgisine ve sadakatine hiçbir art niyet veya kazanılmış menfaat yok

Hayvani içgüdülere sahip ve zalim insan aklının üstünde bir hayvandı

Bu yüzden, efendinin çocuğunun hayatını kurtarmak için ölüm ve can ile savaştı

Ve dürüstlüğü ve efendisine olan sevgisi nedeniyle başarılı oldu

Genç arkadaşını korumak için açık olan bağlılığı ve iradesi

Ancak karmaşık ve kablolu insan zihni her zaman önce olumsuz düşünür

Firavun faresi vücudundaki kana bakan bayan onu hemen öldürdü

Çünkü ilk etapta olumlu ve iyi, çok az insan düşünebilir.

Tanrı'nın bereketi

Tanrı'nın bereketleri, içsel değerlendirme ve dönem işaretleri gibidir

Eğer dua ederseniz, puja yaparsanız ve ona para ya da altın sunarsanız, kutsama alırsınız

Bütün bunları yapmazsanız, hayatta kalacaksınız, ancak başarı beklemede olacak

Yine de, dua etmeden de teori üzerinde çok çalışarak sınavı geçebilirsiniz

Elma cilası olmasaydı da birçok insan daha iyi bir hikaye yazmıştı

Her gün dua eden insanlar da hastalık ve kazalardan öldüler

Adanmamış olmayanlar için de yaşam ve ölüm aynı bileşenlere sahiptir

Dinlerin simsarlarının neden duaya daha fazla önem verdiklerini anlamıyorum.

Hiç kimse Tanrı'yı hiçbir yerde aç bir dilenci şeklinde görmedi

Tanrı'nın maddi formda enkarnasyonunun bilimsel kanıtı nadirdir

Allah'ın nimetlerini elde etmek için dürüstlük, doğruluk, doğruluk daha iyi malzemelerdir.

Daha iyi, ölü bir odun olmak

Ben ölü odunum, güneşin ve ayın altında yatıyorum
Yakında toprak ana tarafından emilmek üzere hızla çürüyor
Yine de yosun için, mantar ölü bedenim bir nimettir
Ölümden sonra bile onlara yiyecek ve beslenme sağlamak
Onlar için, gelecekteki yolun meşale taşıyıcısıyım
Tamamen toprağa dalana ve onun bir parçası olana kadar
Giderek daha fazla yabani ot ve böceğin yeni yaşamı başlayacak
Bir gün bir kuş buraya kendi türümün tohumlarını bırakacak
Yine büyük bir ağaç olarak büyüyeceğim ve dalları kuşlar paylaşacak
Bu süreçte ben ölümsüz bir ölümlüyüm ve herkes ağaçlara karşı ilgilenmeli.

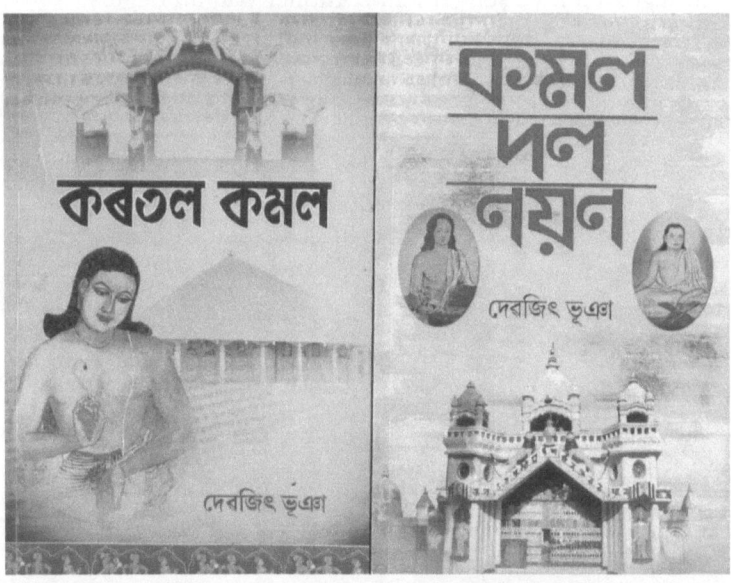

Zombi ile yaşıyorum

Bir zombi sürüsünde yaşıyorum
Para ve şehvet açgözlülüğü bağımlısı
Değer sistemleri pasla çürümüş
Biriken tozu temizlemeye istekli değil
Sadece para konusunda inançları ve güvenleri var
Amaç zenginlik ve ölümsüzlük toplamaktır
Sonsuza dek yaşama peşinde, ahlakı kaybetti
Tek amaçları için, bütünlükten vazgeçeceklerdir
Sürünün tutumunu kimse değiştiremez
Buda, İsa ve diğerleri yoruldu
Binlerce soylu adam öldü ve emekli oldu
Yine de açgözlülük ve şehvet için zombiler yorgun değil.

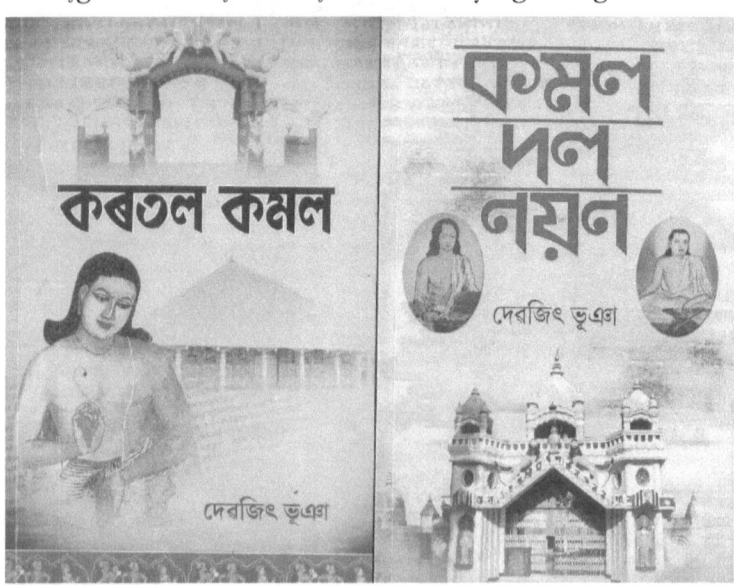

Ve hayat böyle devam ediyor

Pazartesi, Salı, Cumartesi ve hafta gitti
Güzel bir sabah, aylık aidat ödeme zamanıdır
Ocak, Şubat ve Mart olur, aniden Aralık döner
Zaman ayakta otobüs ve tren beklemeye devam ediyor
Havaalanı salonunda beklemek, kanatta zaman kaybıdır
Hedefe ulaşmak için saatlerce süren uzun sürüş işe yaramaz
Hayatımızın üçte birini yatakta geçiriyoruz her zaman bilgisiz
Öğrencilik hayatında gereksiz şeyleri öğrenen altı saatin hiçbir değeri yoktur
Doktor odalarının dışında beklerken fark ettik ki, zaman yavaş
Kuyrukta kaç ay geçirdik, kimse saymıyor
Çocukluğundan beri sınav salonunda üç saat büyük bir miktar
Hayatı daha iyi hale getirmek için kendimize ne kadar zaman harcadığımızı asla saymıyoruz
Aynı döngüde, dönüyoruz, dönüyoruz ve dönüyoruz
Hiç kimse, belirli bir süre içinde güneşin etrafında hareket etmek zorunda olan bir gezegen değildir
Rahat bir rutinden çıkamıyorsanız, sizin için güneş ışığı yok
Hayali başarı için oran yarışlarında koşmak ve alkışlamak
Kendi hayatınızı kendinize özgü bir şekilde yönlendirmek için geride kalıyorsunuz
Zaman sona erdiğinde ve mezara gitmeye mahkûm olduğunuzda
Fark edersiniz, ben hiçbir zaman farklı düşünmedim çünkü çekingendim, cesur değildim.

Kırık kalp

Aniden kalp kırıldığında
Bazı insanlar sarhoş oldu
Ancak bu kanıtlanmış bir çare değil
Hayatınız kolayca çalınabilir
Her an her şey olabilir;
Geçmişi unut ve devam et demek kolay
Ama herkes eşcinsel olamaz
Kırık kalp için ödememiz gereken bir bedel
Yalnızlık içinde düşündüğümüzde bir yolunu bulabiliriz
Güneş her sabah bize yeni bir umut ve ışın gönderiyor;
Kalp kırıldığında bazı insanlar intihar eder
Ancak yas döneminde, asla hızlı bir şekilde karar vermeyin
Dışarıdaki insanların acılarına ve acılarına bakın
Umutsuz olsanız bile, yavaş yavaş ağrı azalacaktır
Tüm sorunların çözümünü, sadece içeride bulacaksınız.

Durdurulamaz Teknoloji

Medeniyet karakter olarak değişti
İnsanlar artık daha bilgili ve daha akıllı
Dini kılıç gücüyle yaymak zor
Komünizmi silah namlusuyla da zorlayamazsınız
Yine de demokrasinin ordu tarafından gasp edilmesi nadir değildir
Bazı insanlar henüz bir arada yaşama ilkesini kabul etmemiştir
İnançlarını korumak için, dünyanın her yerinde direniş görüyoruz
Ancak medeniyetlerin gelişimi ısrarla süreklidir
Teknoloji, taşıyıcı dalga, sınırları hiç umursamadı
Ve şimdi insanlığı orman yangınları gibi yutuyor, durdurulamaz
Yakında sosyal bölünme sistemlerinin tüm kötülükleri enkaz haline gelecek.

Toplumsal Cinsiyet Eşitsizliği

Gözyaşlarını burkasının altına sildi ve gökyüzüne baktı
Dört küçük çocuk kıyafetlerini çekiyor
Annesini terk ettiğinde sadece altı yıl önceydi
Ağladı ve ağladı ama kimse onu dinlemedi
On çocuğun en büyüğü olmak, nikahı kabul etmek zorundadır
Sorumluluğu altı kız kardeşine de aittir
En büyüğü evde olduğu için nasıl evlenebilirler
İlk penetrasyon yapıldığında sadece on üç yaşındaydı
Kocasına ne kadar korktuğunu hala hatırlıyorum
Adamın diğer üç karısı da ona acı içinde baktı
Ama onu yeni yatak odasına göndermekten başka çareleri yoktu
Şimdi dört kadın da nefretle ve kıskançlıkla birlikte yaşıyor
Çünkü beslemeleri ve eğitmeleri gereken çocukları var
Onların da başına gelmemesi dileğiyle, güneş bir gün doğacak
Ve dünya, Tanrı adına cinsiyet eşitsizliğinden kurtulacak.

Bir gün cam tavan olmayacak

Bir zamanlar, ölü yakma alanında ölmeye zorlandı
Yüksek sesle müzik ve davul çaldılar, acı dolu sesini dinlemediler
Köle muamelesi gördü ve erkeklere hizmet etmek için köle gibi çalıştırıldı
Kraliçe bile hayatı boyunca gözleri bağlı kaldı, çünkü kral kördü
Sadece erkek egosunu tatmin etmek için hiçbir sebep ve mantık olmadan sürgün edildi
Kocasının adını bile insanlar arasında telaffuz edemiyordu
Evinde kafese kapatılmış bir kuş gibi yaşadı ve DNA'yı korumak için yumurtladı.
Dinlerin simsarları onun tapınağa girmesini bile yasakladılar
Ama medeniyetin ışığını taşıma cesareti asla sakat kalmaz
Bu yüzden hala bir ülkeye anavatan ve dile ana dil diyoruz
Şimdi açık gökyüzünde kafesten çıktı, ancak birçok yükseklikte uçması gerekiyor
Bir gün cinsiyet ayrımı olmayacak ve cam tavan ortadan kalkacak
Anneliğin haysiyetini ve kadınlığın güzelliğini kimse lekeleyemez.

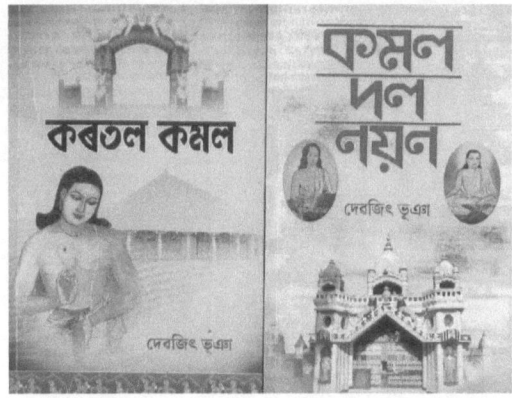

Tanrı ibadethaneleriyle ilgilenmez

Dünya camiler, kiliseler ve tapınaklarla dolu

Ancak dünyada barış ve kardeşlik sık sık sakat kalıyor

Şiddetten ve savaştan arınmış bir insanlığın çözümü basit değildir

Tanrı adına tüm dinler faul ve salya oynar

Mübarek Ramazan ayında bile insanlar sıkıntı yaratır;

Tanrı hiçbir zaman dünyanın hiçbir yerinde ibadethanesini korumaya çalışmadı

Yıkılan camilere, kiliselere, tapınaklara üşüyor

Tanrı adına cinayetleri durdurmak için asla cesur davranmadı

Evrim ve doğal süreç boyunca her şey ortaya çıkar

Bir gün pasif ve pasif Tanrı fikri satılmadan kalacaktır;

İnsanların Tanrı adına bölünmesi, insanlığa sefalet verdi

Sözde kutsal şehirler karlı hazine açtı

Silah mühimmatı satın almak için dini liderler tefecilik yapıyor

Günümüzde terör ve şiddet için dini mekanlar çocuk yuvası

Bunun tek istisnası, lamasery ile Budist rahiplerdir.

Yazar Hakkında

Devajit Bhuyan

Mesleği elektrik mühendisi ve yürekten şair olan DEVAJIT BHUYAN, İngilizce ve ana dili Assamca şiir besteleme konusunda uzmandır. Mühendisler Enstitüsü (Hindistan), Hindistan İdari Personel Koleji (ASCI) üyesi ve çay, gergedan ve Bihu ülkesi Assam'ın en yüksek edebi organizasyonu olan Asam Sahitya Sabha'nın yaşam üyesidir. Son 25 yılda, farklı yayıncılar tarafından 45'ten fazla dilde yayınlanan 70'den fazla kitap yazdı. Tüm dillerde yayınlanmış toplam kitabı 157'dir ve her yıl artmaktadır. Yayınlanmış kitaplarının yaklaşık 40'ı Assam şiir kitabı, 30'u İngilizce şiir kitabı ve 4'ü çocuklar için ve 10 kadarı farklı konularda. Devajit Bhuyan'ın şiirleri, dünya gezegenimizde mevcut olan ve güneşin altında görülebilen her şeyi kapsar. İnsandan hayvanlara, yıldızlardan galaksilere, okyanuslardan ormanlara, insanlığa, savaştan teknolojiye, makinelere ve mevcut her türlü maddi ve soyut şeye şiir yazmıştır. Onun hakkında daha fazla bilgi edinmek için lütfen *www.devajitbhuyan.com* ziyaret edin veya @careergurudevajitbhuyan1986 YouTube kanalını görüntüleyin.

www.ingramcontent.com/pod-product-compliance
Lightning Source LLC
LaVergne TN
LVHW041850070526
838199LV00045BB/1530